Sebastian Fitzek

AchtNacht

In Einfacher Sprache

Spaß am Lesen Verlag
www.einfachebuecher.de

Diese Ausgabe ist eine Bearbeitung des Buches
AchtNacht von Sebastian Fitzek.
Copyright © 2017 by Knaur Verlag, München.
Lizenzausgabe mit Genehmigung von
AVA International GmbH Autoren- und Verlagsagentur
www.ava-international.de

Text Originalfassung: Sebastian Fitzek
Bearbeitung in Einfacher Sprache: Judith Kutzner

© 2021 | Spaß am Lesen Verlag, Münster.

ISBN 978-3-948856-14-4

Sebastian Fitzek

AchtNacht

In Einfacher Sprache

Schwierige Wörter oder Ausdrücke sind unterstrichen. Die Erklärungen stehen in der Wörterliste am Ende des Buches.

Inhalt

Personenliste

Ben Rühmann
Ein erfolgloser Schlagzeuger, lebt getrennt von seiner Familie. Er ist einer der beiden Gejagten in der AchtNacht.

Jenny
Bens Ex-Frau. Hat ab und zu noch Kontakt zu Ben, vor allem wegen der gemeinsamen Tochter Jule.

Jule
19 Jahre alt, Tochter von Ben und Jenny. Jule studiert und arbeitet neben dem Studium in einer Handy-Werkstatt. Sie sitzt seit einem Auto-Unfall im Rollstuhl.

Gregor Rühmann
Vater von Ben, ein ehemaliger Kriminal-Hauptkommissar. Er versteht sich nicht gut mit seinem Sohn, hilft ihm aber trotzdem.

Martin Schwartz
Ein ehemaliger Kollege von Bens Vater. Er soll Ben und Arezu während der AchtNacht beschützen.

Nikolai
Ein junger, gewalttätiger Krimineller. Zusammen

mit seinem Freund Dash versucht er, die Jagd in der AchtNacht zu filmen und damit Geld zu verdienen.

Dash

Ein ehemaliger Taxifahrer. Er verdient sein Geld mit selbst gefilmten Videos. Die Videos lädt er im Internet hoch und man kann sie gegen Bezahlung ansehen.

Arezu Herzsprung

Eine junge Studentin mit einem großen persönlichen Problem. Sie wird zusammen mit Ben in der AchtNacht gejagt.

Oz

Ein geheimnisvoller Computer-Programmierer. Keiner weiß genau, wer er ist.

Ben

Ben ist verzweifelt.
Er hat schon wieder einen Job verloren.
Ben spielt Schlagzeug in einer Rock-Band,
den *Spiders*.
Jeden Samstag treten sie in einem Hotel
im Norden von Berlin auf.
Sie spielen die Lieder von anderen Bands nach.
Eigene Songs haben sie nämlich nicht.

Das Publikum ist auch nicht besonders toll.
Meistens sind es Geschäftsleute,
die in dem Hotel übernachten.
Die sitzen abends müde an der Hotel-Bar
und langweilen sich.
Dabei trinken sie dann
das ein oder andere Bier zu viel.

Ben ist nicht glücklich bei den *Spiders*.
Er ist jetzt 39 Jahre alt und hat in seinem Leben
noch nicht viel erreicht.
In den letzten vier Jahren hat er häufig
die Band gewechselt.
Immer wieder gab es Probleme.
Ben hat in den letzten Jahren oft zu viel getrunken.
Er ist dann nicht zu den Proben gekommen.
Oder er war betrunken und konnte nicht spielen.

Das Dumme ist nur:
Schlagzeug zu spielen ist Bens Beruf.
Damit verdient er sein Geld.
Jedenfalls hat er bis jetzt damit Geld verdient.

Gerade eben hat der Band-Leader
von den *Spiders* zu Ben gesagt:
„Wir brauchen dich nicht mehr.
Wir haben einen anderen Schlagzeuger gefunden."

Ben weiß auch, warum.
Beim letzten Auftritt hat er sich
neben dem Schlagzeug übergeben.
Er hatte mal wieder zu viel getrunken.
Die *Spiders* mussten das Konzert abbrechen.
Sie haben an dem Abend mächtig Ärger bekommen.
Ben kann ja verstehen,
dass die anderen Musiker sauer auf ihn sind.
Aber gleich rausschmeißen?

Er versucht, mit dem Band-Leader zu reden.
Aber der schüttelt den Kopf.
„Nichts zu machen, tut mir leid."
Dieser Job ist also auch weg.

Ben verlässt das Hotel und setzt sich
in der Nähe auf eine Bank.
Was soll er jetzt bloß machen?

Wo soll er einen neuen Job herbekommen?
So langsam kennt Ben keine Band mehr,
bei der er sich bewerben könnte.

Ben lebt seit mehr als zwei Jahren alleine.
Vorher war er ein Teil von einer kleinen Familie:
Ben, seine Frau Jenny und seine Tochter Jule.
Sie lebten gemeinsam in einem Haus
am Rand von Berlin.
Bens Alkohol-Problem hat dann
alles kaputtgemacht.
Seine Frau Jenny hat sich von ihm getrennt.
Ben musste ausziehen.
Im Moment hat er gar keine eigene Wohnung,
sondern wohnt bei einem Bekannten.

Das Schlimmste für Ben ist aber,
dass er Jule nicht richtig unterstützen kann.
Ben bezahlt jeden Monat Unterhalt für Jule.
Aber wenn er gerade keine Arbeit hat,
kann er auch keinen Unterhalt bezahlen.
Dann muss er seine Ex-Frau Jenny bitten,
das Geld für Jule alleine aufzubringen.
Er schämt sich jedes Mal furchtbar.

Obwohl seine Tochter schon 19 Jahre alt ist,
braucht sie noch Unterstützung.
Denn Jule hatte vor vier Jahren einen Auto-Unfall.

Bei diesem Unfall hat Jule
beide Unterschenkel verloren.
Ben saß damals am Steuer.
Er gibt sich deshalb selbst die Schuld an dem Unfall.
Dieses schreckliche Ereignis ist auch
der Grund für sein Alkohol-Problem.

Ben kann sich bis heute nicht verzeihen,
dass seine Tochter seinetwegen im Rollstuhl sitzt.
Sie kommt zwar mittlerweile prima zurecht.
Trotzdem ist sie ein junger Mensch,
der gerne ein unbeschwertes Leben geführt hätte.

Seufzend steht Ben auf
und macht sich auf den Weg zu seinem Auto.
Da hört er einen Schrei.

Eine verrückte Welt

Jemand schreit um Hilfe!
Ben rennt über die Straße zu einem Parkplatz.
Von dort kommen die Schreie.
Ben sieht ein junges Mädchen,
das von einem Mann verfolgt wird.
Es trägt ein Kleid mit Punkten und eine Brille.
Der Mann ist groß und kräftig.
Er packt das Mädchen an den langen Haaren
und zieht es auf den Boden.

Ben schreit:
„Lassen Sie das Mädchen in Ruhe!"
Der Mann dreht sich zu Ben um.
Ben sieht jetzt, dass der andere noch sehr jung ist.
Es ist eher ein großer, kräftiger Jugendlicher.
Er lacht Ben an.
„Willst du mitmachen? Komm ruhig her!"

Ben starrt den Jugendlichen an.
Was hat der Typ gerade gesagt? Mitmachen?
Als Ben nicht reagiert, dreht sich der junge Mann
wieder zu dem Mädchen um.
Er schlägt ihr die Brille von der Nase.
Das Mädchen kniet immer noch auf dem Boden
und weint leise vor sich hin.
Der junge Typ holt jetzt etwas

aus seiner Hosentasche.
Ben denkt zuerst, dass es ein Messer ist.
Er bleibt erschrocken stehen.
Es ist aber nur ein schwarzer Stift.
Der Typ malt dem Mädchen damit
eine schiefe 8 auf die Stirn.
„Hoffentlich kommst du nachher auf die Liste,
du Schlampe!", sagt er grinsend zu ihr.

Ben hat sich von seinem ersten Schreck erholt.
Er rennt auf den jungen Typen zu
und will ihm die Faust ins Gesicht schlagen.
Aber der andere ist schneller
und haut Ben seine Faust in den Magen.
Ben sackt auf dem Boden zusammen.

In dem Moment hört er Autotüren zuschlagen.
Sind das etwa Kumpel von dem Schläger-Typen?
Bekommt er gleich noch mehr Schläge?
Ben krümmt sich zusammen, um sich zu schützen.
Es passiert aber nichts.
Ben hört mehrere Männer reden.
Dann steigen alle in das Auto und fahren weg.

Ben steht langsam wieder auf
und geht auf das weinende Mädchen zu.
Als er vor ihr steht,
erlebt er die zweite Überraschung.

Die Person vor ihm ist gar kein Mädchen,
sondern eine erwachsene Frau.
Sie ist nur als Mädchen verkleidet.
Die Frau ist jetzt ziemlich sauer.
„Oh Mann", sagt sie wütend zu Ben.
„Jetzt habe ich wegen dir 100 Euro verloren.
Das war doch alles nur gespielt."
Ben versteht gar nichts mehr. Wie, gespielt?

Die junge Frau schüttelt mit dem Kopf.
„Du hast wohl gar keine Ahnung?
Das sollte ein Video fürs Internet werden.
Ein sogenanntes Demütigungs-Video.
Da werden Menschen geschlagen
und beschimpft und so was.
Das wird gefilmt und im Internet angeboten.
Dafür bezahlen andere Leute dann viel Geld."

Langsam begreift Ben.
Das war alles nur ein Schauspiel!
Und die Typen im Auto hatten die Video-Kamera.
Ben schüttelt ungläubig den Kopf.
Wie schräg ist das denn,
sich so etwas ansehen zu wollen?
Und auch noch Geld dafür zu bezahlen?
Dann fragt er die Frau vor sich:
„Was sollte das mit der aufgemalten 8?
Hat das auch eine Bedeutung?"

Die Frau zuckt mit den Schultern.
„Na klar, Mann. Das hat was mit
dieser komischen AchtNacht zu tun.
Dieser neue Internet-Scheiß.
Der Film-Typ wollte das so."

AchtNacht.
Dieses Wort hat Ben tatsächlich schon gehört.
„Was ist das denn – AchtNacht?", fragt er.

Die Frau schaut Ben erstaunt an.
„Wo lebst du denn, Mann?
Das ist diese komische Menschen-Jagd.
Darüber redet doch jetzt jeder."

Ben kommt sich ziemlich blöd vor.
Sein Job ist weg.
Er wurde gerade zusammengeschlagen.
Und er hat mal wieder keine Ahnung,
was in der Welt passiert.
Heute ist wirklich nicht sein Tag.

Jule

Bens Tochter Jule hat nach dem Abitur
ein Studium angefangen.
Wie viele junge Menschen wollte sie dann auch
eine eigene Wohnung haben.
Jule musste deswegen viele Gespräche
mit ihren Eltern führen.
Aber sie hat es geschafft, ihre Eltern zu überreden.
Sie wohnt seit Kurzem in der Nähe der Universität,
in einer Studenten-Wohnung.
Die helle und gemütliche Wohnung ist extra
für Rollstuhl-Fahrer eingerichtet.
Das Wohnhaus steht in einem Park.
Vom Küchentisch aus kann Jule in den Park sehen.
Auch Jules Eltern freuen sich,
dass Jule in ihrem neuen Leben so glücklich ist.

Zumindest haben Ben und Jenny geglaubt,
dass Jule glücklich ist.
Bis vor einer Woche.
Vor einer Woche ist Jule mit dem Rollstuhl
auf die Dach-Terrasse im vierten Stock gefahren.
Und dann ist sie vom Dach gestürzt.

Ben und Jenny sind immer noch schockiert.
Wieso sollte Jule einen Selbstmord-Versuch
unternehmen?

Für die Polizei war alles eindeutig gewesen.
Da stand eine offene Flasche Wodka auf dem Tisch.
Und Jule hatte ihrem Vater
noch eine seltsame SMS geschickt:
Papa bite hilf.
Der Hilferuf eines verzweifelten Menschen.
So sah es jedenfalls die Polizei.

Jetzt sind Ben und Jenny
in Jules Wohnung verabredet.
Jenny will ein paar Sachen für Jule holen.
Außerdem will sie noch einmal mit Ben
über diesen furchtbaren Abend sprechen.
„Erzähl mir bitte genau,
was du an dem Abend gemacht hast.
Du wolltest doch mit Jule telefonieren, oder?",
fragt Jenny.

„Ja, ich habe sie angerufen,
als sie mir diese seltsame Nachricht geschickt hat.
Aber sie ist nicht ans Telefon gegangen.
Ich habe mir natürlich Sorgen gemacht.
Deshalb bin ich hergefahren.
Ich wollte nachsehen, ob alles in Ordnung ist."

Ben schließt kurz die Augen.
Der furchtbare Anblick von seiner
verletzten Tochter ist wieder in seinem Kopf.

„Und dann?", fragt Jenny.
„Ich war ziemlich aufgeregt, als ich hier ankam.
Eigentlich war ich völlig in Panik.
Ich weiß nicht einmal mehr,
ob die Tür geschlossen war oder nicht.
Ich bin einfach in die Wohnung rein.
Aber die Wohnung war leer.
Als ich aus dem Fenster gesehen habe,
lag Jule draußen im Hof."

Ben atmet tief durch.
Seine geliebte Tochter Jule.
Die Arme waren verdreht.
Ihr Kopf lag in der matschigen Erde.
Da war so viel Blut.
Der kaputte Rollstuhl lag neben ihr.
Ben kann sich nicht mehr erinnern,
wie er den Rettungs-Wagen gerufen hat.

Jule liegt seit diesem Tag im Krankenhaus.
Man hat sie in ein künstliches Koma versetzt.
Die Ärzte haben die Hoffnung,
dass sie sich wieder vollständig erholt.
Aber das wird noch eine ganze Weile dauern.
Jule hat viele Knochenbrüche.
Und eine schlimme Kopf-Verletzung.
Durch das Koma ist der Körper ruhiggestellt.
So kann Jule sich hoffentlich vollkommen erholen.

Ben glaubt nicht an einen Selbstmord-Versuch.
„Jenny, überleg doch mal", sagt er.
„Jule trinkt doch gar keinen Alkohol.
Und hier liegt eine Eintrittskarte für das Museum,
in das sie am nächsten Tag gehen wollte.
Das hatte sie mir vorher ganz begeistert erzählt.
Es stimmt einfach nicht, was die Polizei sagt."

Jenny hat bisher die Geschichte
von der Polizei geglaubt.
Sie versteht aber auch Bens Erklärungen.
Warum sollte sich ihre Tochter umbringen?
Und seit heute hat Jenny noch einen Hinweis:
Der Sturz vom Dach war kein Selbstmord-Versuch.

Jenny zeigt Ben einen Computer-Ausdruck.
„Schau mal. Das habe ich von Jules Freunden
aus der Handy-Klinik bekommen",
sagt sie mit zitternder Stimme zu Ben.
„Du weißt schon, dieser Handy-Reparaturladen,
wo Jule sich etwas dazuverdient.
Die Leute da konnten ein paar Fotos
von ihrem kaputten Handy retten.
Das hier ist kurz vor ihrem
angeblichen Selbstmord gemacht worden."

Auf dem Foto ist eine lachende Jule zu sehen.
Sie steht im Badezimmer und macht ein Selfie.

Im Badezimmer-Spiegel sieht man
auch ein Stück vom Wohnzimmer.

Ben traut seinen Augen nicht.
Auf dem Wohnzimmer-Tisch ist
die Flasche Wodka zu sehen.
Und zwei Gläser!

Jule ist nicht allein in der Wohnung gewesen!
Da gab es noch eine zweite Person.
Warum ist das der Polizei nicht aufgefallen?

Schreck am Abend

Hat jemand Jule vom Dach gestoßen?
Ist sie etwa immer noch in Gefahr?

Ben beruhigt sich selbst und Jenny.
„Jule liegt schon seit einer Woche im Krankenhaus.
Und niemand hat versucht, ihr etwas anzutun.
Sie ist da vollkommen sicher!"

Vor Jules Wohnung verabschieden sich die beiden.
„Wir bleiben in Kontakt", verspricht Ben.
Er ist froh, dass er und Jenny
sich immer noch gut verstehen.
Trotz der Trennung verbindet sie beide
die Sorge um ihre Tochter.

Ben macht sich auf den Heimweg.
Für heute hat er genug Aufregung gehabt.
Er freut sich auf zu Hause und auf seine Ruhe.
Vorhin ist ihm auch noch der Sprit ausgegangen.
Er musste das Auto stehen lassen.
„Dann also die U-Bahn", seufzt Ben leise.

Auf dem Weg zur U-Bahn kommt er
an einem Hotel vorbei.
Durch die Fenster von der Eingangshalle
sieht er einen großen Fernseh-Bildschirm.

Und zu seiner Überraschung ist da gerade
ein Foto von ihm selbst zu sehen.
Ben kann nicht hören,
was der Nachrichten-Sprecher sagt.
Aber die Zahl 8 auf seiner Stirn
ist deutlich zu erkennen.

Schon wieder diese 8!
Was hat das bloß zu bedeuten?
Ben steigt in die U-Bahn und setzt sich
seine Kopfhörer auf.
Auf seinem Handy sucht er im Internet
nach Informationen über die AchtNacht.
Zuerst klickt er ein Nachrichten-Video an.
Was er da hört, kann er erst gar nicht glauben.

Da soll es seit einem Jahr eine Internet-Seite geben,
die sich *AchtNacht.online* nennt.
Niemand weiß, von wem diese Seite stammt.
Eine unbekannte Person hat sich
eine Art Spiel ausgedacht.
Zuerst gab es eine Liste mit Namen.
Jeder konnte einen Namen für die Liste anmelden.
Zum Beispiel den Namen von jemandem,
der einem mal etwas angetan hatte.

Vor der AchtNacht werden aus dieser Liste
zwei Namen ausgewählt.

Die ausgewählten Menschen sollen
eine Nacht lang gejagt werden.
In der AchtNacht.
Wenn jemand einen der beiden erwischt und tötet,
erhält er dafür eine große Summe Geld.
Denn jeder, der einen Namen anmeldet,
muss zehn Euro dafür bezahlen.

Der Nachrichten-Sprecher hat die Regeln von dieser
schrecklichen Idee voller Ernst vorgetragen.
Jetzt erzählt er weiter:
„Bis jetzt haben die meisten Leute wohl gedacht,
dass das Ganze nur ein verrückter Scherz ist.
Heute Abend scheint diese AchtNacht
aber doch gestartet zu sein ...“

Ben flucht leise, weil das Video unterbrochen wird.
Er klickt jetzt direkt auf die Seite *AchtNacht.online*.
Vielleicht bekommt er da mehr Informationen
über diesen Blödsinn.

„Wer soll denn so etwas glauben?“,
murmelt Ben vor sich hin.
Auf der *AchtNacht.online*-Seite ist eine Art
weibliche Comic-Figur zu sehen.
Sie spricht mit einer künstlichen Stimme
und bewegt dabei die Lippen.
Die Stimme klingt hart und ein bisschen rau.

Die Comic-Figur erklärt in aller Ruhe
die Regeln von der AchtNacht.
So, als ob das alles nur ein lustiges Party-Spiel wäre.
Angeblich soll sogar die Regierung
mit diesem Spiel einverstanden sein.
Und noch schlimmer:
Derjenige, der einen AchtNächter tötet,
wird nicht bestraft werden.

Ben spürt, wie sein Herz schneller schlägt.
Die Stimme hat gerade die beiden Namen genannt,
die ausgewählt wurden:
Arezu Herzsprung und Benjamin Rühmann.

„Die Jagd beginnt heute,
am 8.8., um 8.08 Uhr abends.
Sie dauert bis 8.00 Uhr morgen früh.
In dieser Zeit sind die beiden genannten
AchtNächter vogelfrei.
Wer sich an der Jagd beteiligen möchte,
kann sich auf dieser Seite anmelden.
Wer einen der beiden AchtNächter tötet,
kann über diese Seite die Belohnung beantragen."

Ben schaut sich vorsichtig um.
Die anderen Fahrgäste in der U-Bahn
beachten ihn gar nicht.
Niemand guckt in seine Richtung.

Alle sind mit sich selbst beschäftigt.
Vielleicht glauben die meisten Leute
diesen Unsinn auch gar nicht.

Trotzdem will Ben bloß noch nach Hause.
Er ist froh, wenn er seine Wohnungstür
hinter sich zumachen kann.
In der Wohnung ist er sicher.
Da kann ihm niemand etwas tun.
Oder doch?

Die Jagd beginnt

Vor dem Einsteigen in die U-Bahn hatte Ben
keine Zeit mehr, einen Fahrschein zu kaufen.
Am Ausgang vom U-Bahnhof erwartet ihn
ein Kontrolleur. Auch das noch!
„Ihren Fahrschein bitte!"

Ben schüttelt sofort den Kopf.
„Ich hab keinen."

„Dann würde ich gerne Ihren Ausweis sehen",
sagt der Kontrolleur in ruhigem Ton.
Er ist ein großer, kräftiger Mann.
Den Kontrolleur einfach wegschubsen
und abhauen, das kann Ben vergessen.
Er kann dem Kontrolleur aber doch jetzt nicht
seinen Ausweis zeigen!
Sonst weiß der Typ gleich,
dass er einer der gesuchten AchtNächter ist.
„Wenn ich Ihnen meinen Ausweis nicht zeige,
was passiert dann?"

„Dann muss ich die Polizei rufen",
antwortet der Kontrolleur leicht genervt.

Ben überlegt hin und her.
Soll er warten, bis die Polizei kommt?

Wird die Polizei ihm helfen,
wenn sie erfährt, wer er ist?
Vielleicht wäre das eine gute Möglichkeit,
sich Schutz zu besorgen.

Während Ben noch überlegt,
bekommt der Kontrolleur von hinten einen Stoß.
Er stolpert kurz gegen Ben.
Ein Trupp junger Männer steht um sie herum.
Wie aus dem Nichts sind die plötzlich aufgetaucht.
Einer der Männer trägt einen schicken Anzug
und sieht sehr gepflegt aus.
Im Gegensatz zu den anderen Typen,
die alle schlabbrige Sportklamotten anhaben.
Der Mann im Anzug wird von den anderen
Nikolai genannt.
Er ist offensichtlich der Anführer.

„Was belästigst du die Leute hier?",
fragt Nikolai den Kontrolleur.

Ben sagt in beruhigendem Ton:
„Alles in Ordnung, kein Problem."
Das scheint Nikolai aber nicht zu interessieren.
Er und seine Jungs sind auf Krawall aus.

Der Kontrolleur zieht sein Funkgerät heraus
und will seine Kollegen rufen.

Er sagt zu den Jungs:
„Am besten ihr haut ab
und lasst mich einfach meine Arbeit machen."

In dem Moment schlägt Nikolai zu.
Es ist wie ein Zeichen zum Angriff für die anderen.
Die ganze Truppe stürzt sich auf den Kontrolleur.
Sie treten und schlagen auf ihn ein.

Ben schaut sich um.
Kein Mensch mischt sich ein.
Niemand tut etwas,
um die wild gewordenen Männer zu stoppen.
Und er allein kann gegen sie nichts ausrichten.
Da fängt Ben an zu schreien.
So laut wie möglich schreit er seinen Namen:
„Ich bin Benjamin Rühmann, der AchtNächter."
Nikolai stoppt mitten in einem Schlag
und dreht sich erstaunt um.

„Ja, genau", sagt einer der anderen Schläger.
„Das ist der Typ aus dem Internet."
Die Truppe lässt ihr blutendes Opfer liegen
und bewegt sich auf Ben zu.
Ben rennt schon auf die Treppe zur U-Bahn zu.
Aber Nikolai ist schneller.
Kurz vor der Treppe stößt er Ben auf den Boden.
Ben rappelt sich auf und rennt weiter.

„Stopp!", befiehlt Nikolai seiner Truppe.
„Lasst ihn abhauen! Wir haben was Besseres."
Er bückt sich und hebt die Brieftasche auf,
die Ben aus der Hosentasche gerutscht ist.
„Schaut mal, was wir da haben."
Er schwenkt ein Stück Papier in der Luft.

„Was soll das sein?", fragt einer der Jungs.
„Das ist eine Park-Berechtigung vom Krankenhaus.
Die bekommen nur Angehörige
von schwerkranken Patienten.
Im Internet stand doch, dass die Tochter
von dem Rühmann im Krankenhaus liegt.
Wir brauchen also nur dorthin zu fahren
und warten, bis er kommt.
Und er wird kommen!"

Nikolai erzählt seinen Jungs nicht,
wie er Ben zum Krankenhaus locken will.
Denn ihm geht schon ein Plan durch den Kopf.
Er verspricht sich jede Menge Spannung
von dieser AchtNacht.
Diese Jagd wird etwas ganz Besonderes.
Da ist sich Nikolai ganz sicher.

Unangenehme Neuigkeiten

Geschafft!
Die Wohnungstür fällt hinter Ben ins Schloss.
Er ist völlig außer Atem vom Laufen.
Zum Glück hat ihn die Schläger-Bande
nicht länger verfolgt.

Die Wohnung gehört Bens Kumpel Tobi.
Tobi ist auch Musiker.
Er ist gerade mit seiner Band unterwegs.
Tobi ist froh, dass Ben auf die Wohnung aufpasst.
Ben fühlt sich in der Wohnung erst mal sicher.
Niemand kann wissen, dass der AchtNächter Ben
sich ausgerechnet hier versteckt.

Ein paar Minuten später erfährt Ben,
dass sein Gefühl von Sicherheit falsch ist.
Er ruft seine Ex-Frau Jenny an.
Ben vertraut Jenny immer noch am meisten.
Ben braucht jetzt jemanden,
mit dem er über all das reden kann.

Jennys Stimme am Telefon klingt schrill.
„Natürlich weiß ich, was los ist.
Das Internet ist doch voll
von dieser AchtNacht-Geschichte.
Deine Adresse kennt auch schon jeder."

Ben erschrickt.
Er hatte wirklich gedacht,
dass er hier in der Wohnung sicher ist.

Jenny redet schon weiter:
„Es gibt Leute, die sich im Internet verabreden.
Die wollen dich und diese Frau gemeinsam jagen.
Und sich dann die Belohnung teilen, wenn ..."
Jenny schluchzt leise.
Sie kann nicht weitersprechen.
Ben denkt den Satz zu Ende:
... wenn sie euch getötet haben!
Er spürt, wie sein Herz vor Aufregung rast.

Ben überlegt, wie er Jenny beruhigen kann.
Aber jetzt ist plötzlich eine Männer-Stimme
in der Telefon-Leitung:
„Hallo Ben, hier ist Paul."
Paul?
Wer ist das denn?
Was tut dieser Paul bei Jenny?

Paul sagt mit ruhiger Stimme:
„Jenny hat dir leider noch nichts von mir erzählt.
Wir sind seit einiger Zeit zusammen.
Und Jenny ist schwanger.
Ich möchte also nicht, dass du hierherkommst.
Wir können dir nicht helfen."

In Bens Kopf dreht sich alles.
Die Worte treffen ihn wie Schläge ins Gesicht.
Leise murmelt Ben ins Telefon:
„Keine Angst, ich lass euch in Ruhe."
Er legt den Hörer auf.
Ihm ist auf einmal schwindlig.
Er muss sich erst mal hinsetzen.

Jenny erwartet ein Kind von diesem Paul?
Mit so einer Nachricht hat Ben
überhaupt nicht gerechnet.
Irgendwie hatte Ben immer noch die Hoffnung,
dass Jenny ihm noch eine Chance gibt.
Aber das kann er jetzt wohl vergessen.

Ben denkt nach.
Wen kann er um Hilfe bitten
in dieser furchtbaren Situation?
Sein Handy ist voller Nachrichten.
Alle möglichen Leute versuchen, ihn zu erreichen.
Mit denen will er aber ganz sicher nicht sprechen.

Ben steht auf und holt sich aus dem Schlafzimmer
ein altes Handy von Jule.
Vor ein paar Wochen hat er es sich
von seiner Tochter geliehen.
Er konnte sein eigenes Handy nicht finden
und dachte, er hätte es verloren.

Jule hatte ihm dann ein Handy
aus der Handy-Klinik mitgebracht.
Jetzt hat er also eine Art Geheim-Nummer,
die niemand kennt.

Ben schaut auf seinem eigenen Handy
nach einer Telefon-Nummer.
Eine Nummer, die er eigentlich
nie mehr anrufen wollte.
Eine Nummer, die er jetzt aber anrufen muss.
Weil er dort den einzigen Mensch erreichen wird,
der ihm vielleicht helfen kann.
Ben muss seinen Vater anrufen, den ehemaligen
Kriminal-Hauptkommissar Gregor Rühmann.

Ein Hilferuf

„Wer ist da?"
Die Stimme von Bens Vater klingt
nach schlechter Laune.
So klingt sie fast immer in den letzten Jahren.
Ben holt tief Luft.
„Hallo, ich bin es. Ben."
Kein toller Anfang für ein Gespräch.
„Ich brauche deine Hilfe", fährt Ben fort.
Na, das ist auch nicht besser.
Ben ist von sich selbst genervt.

Bens Vater knurrt ins Telefon:
„War ja klar, dass du dich meldest,
wenn du Probleme hast.
Brauchst du Geld?
Warum suchst du dir nicht endlich mal
eine ordentliche Arbeit?"

Ben rollt mit den Augen und denkt:
Jetzt geht das wieder los.
Diese ewigen Vorwürfe.

Ben und sein Vater streiten sich schon seit Jahren.
Gregor Rühmann hat kein Verständnis
für die Arbeit von seinem Sohn.
Musik machen ist in seinen Augen keine Arbeit.

Außerdem macht Gregor Rühmann
Ben für den Auto-Unfall verantwortlich.
Den Unfall, bei dem Jule ihre Beine verloren hat.
Ben konnte die ständigen Vorwürfe
nicht mehr ertragen.
Irgendwann hat Ben den Kontakt
zu seinem Vater komplett abgebrochen.

Aber heute braucht Ben Hilfe von seinem Vater.
„Es geht nicht um Geld.
Ich brauche Polizei-Schutz.
Kennst du nicht jemanden von früher,
der so was machen kann?"

Bens Vater hört jetzt aufmerksamer zu.
„Was ist los?
Hast du was angestellt?
Verfolgt dich jemand?"

Ben weiß, dass sein Vater sich nicht
für das Internet interessiert.
„Jemand? Mich verfolgen Tausende.
Ich kann dir das nicht so schnell erklären.
Schalt mal dein Radio ein.
Und hör dir die Geschichten über die AchtNacht an.
Ich möchte mich in meiner Wohnung sicher fühlen.
Es ist nur für heute Nacht.
Kannst du mir helfen?"

Gregor Rühmann schweigt einen Moment.
Er denkt wieder wie früher als Polizist:
Eine Person ist in Gefahr – was ist zu tun?

Bevor Ben eine Antwort bekommt,
klingelt plötzlich das Festnetz-Telefon.
Der Anruf-Beantworter springt an.
Aus dem Lautsprecher tönt eine weibliche Stimme:
„Hallo, hier spricht Schwester Linda
von der Virchow-Klinik.
Das ist eigentlich eine Nachricht
für Benjamin Rühmann ...“

Ben beendet schnell das Gespräch mit seinem Vater.
Er springt zum Festnetz-Telefon und nimmt ab.
„Ja, hier ist Benjamin Rühmann.
Ist was mit meiner Tochter?“

In Bens Kopf wirbeln schreckliche Gedanken
und Bilder durcheinander:
Jule im Fieberkrampf, Jule voller Blut, Jule ...

Die Schwester sagt mit ernster Stimme:
„Ihrer Tochter geht es schlecht, Herr Rühmann.“

Ben lässt das Telefon fallen und rennt zur Tür.

Eine Falle

Ben rennt den ganzen Weg.
Zum Glück ist die Wohnung nicht sehr weit
vom Krankenhaus entfernt.
Völlig außer Atem steht er dann vor Jules Bett.
Jule liegt so still da wie immer.
Eine Ärztin ist hinter Ben ins Zimmer gekommen.
„Hören Sie mal, Sie können doch nicht einfach ...“

Ben unterbricht sie keuchend:
„Was ist mit Jule?“
Die Ärztin schaut ihn verwundert an.
„Ihr Zustand ist unverändert. Wieso fragen Sie?“

Ben atmet immer noch schwer.
„Na, Schwester Linda hat mich angerufen.
Sie hat gesagt, dass es Jule schlechter geht.
Deswegen bin ich hier.“

Die Ärztin schüttelt den Kopf.
„Schwester Linda? Eine Schwester Linda gibt es
auf unserer Station nicht.“

Ben spürt, wie ihm schwindlig wird.
Es gibt gar keine Schwester Linda!
Das war eine Lüge,
um ihn aus der Wohnung zu locken.

Ben starrt die Ärztin an.
Hat sie etwas damit zu tun?
Woher hatten denn diese Leute sonst
die Informationen über Jule?
Bestimmt weiß auch die Ärztin,
dass er einer von den gesuchten AchtNächtern ist.

„Los, gehen Sie! Raus aus diesem Zimmer!"
Ben schreit fast.
Die Ärztin zögert nur einen kurzen Moment.
Dann zuckt sie mit den Schultern und geht.
Bestimmt wird sie mit einem kräftigen
Krankenpfleger zurückkommen.

Ben braucht jetzt Zeit zum Nachdenken.
Er holt einen kleinen Metall-Keil
aus seiner Hosentasche.
Den benutzt er normalerweise,
um die große Bass-Trommel festzuklemmen.
Ben blockiert die Tür mit dem Keil,
damit niemand ins Zimmer kommen kann.
Seine Gedanken rasen.

Woher hat die Anruferin seine Festnetz-Nummer?
Dann fällt ihm ein, dass er die Nummer
für den Notfall hiergelassen hat.
Wahrscheinlich hängt eine Liste
mit allen Nummern im Schwestern-Zimmer.

Die Tür zum Schwestern-Zimmer ist
sicher nicht abgeschlossen.
Es ist also gar nicht schwer,
auch seine Nummer von der Liste abzulesen.

Das bedeutet aber auch,
dass diese Person hier im Krankenhaus war.
Vielleicht sogar in Jules Zimmer!
Ben nimmt die Hand seiner Tochter
und streichelt sie zärtlich.
Dabei fällt ihm auf, dass etwas in Jules Hand liegt.
Ben zieht das Ding vorsichtig aus ihrer Hand.
Er wundert sich.
Es ist ein Autoschlüssel.

Ben geht zum Fenster.
Jules Zimmer liegt im ersten Stock.
Der Parkplatz ist gut zu überblicken.
Ben drückt auf den elektronischen Türöffner
an dem Autoschlüssel.
Da blinkt kurz ein Licht
an einem silbergrauen BMW auf.

Ben hat langsam das Gefühl, verrückt zu werden.
Gehört dieses Auto auch mit zu der Falle,
die ihm jemand gestellt hat?
Wer ist diese unbekannte Person,
die ihn in die Klinik gelockt hat?

Ben hört vor der Zimmertür die Stimmen
von der Ärztin und von einem Pfleger.
Sie rütteln an der Tür und bitten Ben,
die Tür zu öffnen.
Aber Ben braucht noch Zeit.
Er wählt noch einmal die Nummer
von seinem Vater.

Diesmal ist Gregor Rühmann
nicht mehr ärgerlich, sondern besorgt.
„Wo bist du?", fragt er sofort,
als er Bens Stimme hört.
„Im Krankenhaus bei Jule", antwortet Ben.

An der Zimmertür wird immer noch gerüttelt.
Ben schiebt den Keil weg und öffnet die Tür.
Die Ärztin und ein großer Pfleger stürmen herein.
„Herr Rühmann, was ist denn mit Ihnen los?
Bitte kommen Sie jetzt aus dem Zimmer heraus."

Ben weiß gar nicht, wem er zuerst zuhören soll.
Am Handy spricht sein Vater,
vor ihm steht die Ärztin und redet auf ihn ein.

Der Pfleger führt Ben dann am Arm aus der Station
und schimpft die ganze Zeit:
„Wie können Sie Ihrer Tochter so etwas antun?
Sie braucht unbedingt Ruhe!"

Ben hört dem Pfleger gar nicht richtig zu.
Er hat nur die Stimme von seinem Vater im Ohr:
„Ben, du gehst jetzt nach Hause und bleibst da.
Ich weiß jetzt Bescheid
über diese AchtNacht-Geschichte.
Ein Martin Schwartz wird bei dir vorbeikommen.
Das ist ein alter Bekannter von mir.
Er hat früher oft Sonder-Einsätze
bei der Polizei gemacht.
Er wird dir helfen."

Ben ist mittlerweile
bei den Aufzügen angekommen.
Gerade öffnet sich einer.
Ein Polizist in Uniform steigt aus dem Fahrstuhl.
Ben sagt zu seinem Vater:
„Danke, Papa. Aber hier steht schon
ein früherer Kollege von dir in Uniform.
Der will sicher erst mal mit mir reden.
Ich melde mich."
Bevor sein Vater noch etwas sagen kann,
hat Ben schon aufgelegt.

Der Polizist grüßt die Ärztin und fragt:
„Was ist hier los? Wer ist der Störer?"
Die Ärztin zuckt verlegen mit den Schultern
und deutet auf Ben.
„Eigentlich ist alles wieder in Ordnung", meint sie.

Aber der Polizist beachtet die Ärztin nicht mehr.
Obwohl Ben gar nicht gefragt hat,
reicht der Polizist ihm seinen Dienst-Ausweis.
Ben schaut nur kurz darauf und gibt ihn zurück.

Aber dann steigt Misstrauen in ihm hoch.
„Kann ich den Ausweis noch mal sehen?",
fragt Ben den Polizisten.
Der Polizist rollt genervt mit den Augen.
Aber er gibt Ben noch einmal den Ausweis.
Ben hält den Ausweis in den Händen.

Jetzt weiß Ben Bescheid.
Schließlich ist er der Sohn
von einem ehemaligen Kriminal-Beamten.
Deshalb weiß er: Ein Polizist würde nie
seinen Dienst-Ausweis aus der Hand geben.

Ben starrt den Mann an.
„Sie sind überhaupt kein richtiger Polizist!"
Im selben Moment dreht Ben sich um
und flüchtet ins Treppenhaus.
Der falsche Polizist zieht etwas aus seiner Tasche
und rennt hinter Ben her.

Auf der Flucht

Ben ist schneller als der falsche Polizist.
Als Ben unten auf dem Parkplatz ankommt,
zögert er nur kurz.
Dann entscheidet er sich für den silbergrauen BMW.
Den Autoschlüssel hat er ja noch in der Tasche.
Es ist egal, ob das eine Falle ist oder nicht:
Er muss hier weg!

Der falsche Polizist kommt gerade durch die Tür.
Ben hört, wie der Typ mit lauter Stimme ruft:
„AchtNacht! AchtNacht!"
Die ersten Leute drehen sich schon um
und gucken neugierig.
Ben wirft einen kurzen Blick in den Wagen.
Niemand zu sehen.
Ben reißt die Tür auf und setzt sich
hinter das Steuer.

Hastig versucht er, den Wagen zu starten.
Da klatscht die Hand von dem falschen Polizisten
an die Scheibe.
Ben schreit vor Schreck auf und gibt Gas.
Bloß weg hier!

Ben rast mit dem Wagen durch die Straßen,
bis er auf die Stadt-Autobahn kommt.

Hier kann er wieder ruhiger atmen.
Er hat keine Ahnung, wer dieser falsche Polizist war.
Wahrscheinlich ein Verrückter,
der an diese AchtNacht-Geschichte glaubt.
Aber was hatte der Typ im Krankenhaus zu suchen?
Und warum hatte er eine Polizei-Uniform an?

Ben überlegt, wo er am besten hinfahren soll.
Wo ist es sicher für ihn?
Plötzlich sieht er im Rückspiegel,
wie sich hinter ihm etwas bewegt.
Was ist denn jetzt los?

Auf dem Rücksitz taucht ganz plötzlich
eine junge Frau auf.
Sie muss aus dem Kofferraum nach vorne
gekrabbelt sein.
Ben hat doch vorhin geguckt,
ob jemand im Wagen ist.
Das Schlimmste ist allerdings,
dass sie eine Pistole in der Hand hält.
„Fahr weiter!", sagt die Frau mit ruhiger Stimme.

Ben ist total erschrocken.
Er weiß, wer diese Frau ist.
Er hat ihr Foto in den Nachrichten gesehen.
Das ist Arezu Herzsprung,
die zweite AchtNächterin.

Die Pistole in ihrer Hand sagt alles.
Bestimmt will sie ihn umbringen,
weil dann die AchtNacht zu Ende ist.
Denn so sind die Regeln:
Wenn einer der beiden Gejagten tot ist,
ist die AchtNacht vorbei.
Die zweite gejagte Person ist dann in Sicherheit.

Trotzdem fragt er sie:
„Was wollen Sie von mir?"
Die Antwort kommt sofort:
„Ich will es beenden."
Ich hatte also recht, denkt Ben.
Verdammt, was soll er jetzt bloß tun?

Aber Arezu scheint doch einen anderen Plan
zu haben, als ihn umzubringen.
„Ich will, dass du diese Sache beendest.
Nur du kannst das tun."

Er kann das tun? Ben wundert sich.
„Wovon reden Sie?", will er von Arezu wissen.
Die Stimme hinter ihm klingt ungeduldig.
„Hör schon auf damit.
Tu nicht so, als ob wir uns nicht kennen.
Ich weiß, dass du der Einzige bist,
der diesen ganzen Wahnsinn stoppen kann, Oz.
Wir fahren jetzt in dein Büro.

Du wirst deinen Computer hochfahren.
Und du wirst die AchtNacht beenden."

Oz? Büro?
Ben hat keine Ahnung, wovon diese Frau redet.
Sie sieht ein bisschen irre aus
mit ihren abrasierten Haaren.
Dazu diese schwarzen Klamotten.
Und sie ist klapperdürr, nur Haut und Knochen.
Außerdem ist sie nervös und hektisch.
Aber wer wäre das nicht,
als Opfer von einer tödlichen Jagd?

Ben entscheidet sich spontan
für die Wohnung seiner Tochter.
Da gibt es einen Computer.
Vielleicht ist Arezu damit erst mal zufrieden.
Was dann passieren wird,
muss Ben einfach abwarten.

Dash

Im Krankenhaus ist der falsche Polizist
in einer kleinen Kammer verschwunden.
Dort hat er sich heimlich umgezogen.
Vorher hatte er sich hier auch
die falsche Uniform angezogen.
Seine normalen Klamotten hatte er
in der Kammer versteckt.
Aus der Kammer tritt nun ein unauffälliger Mann.

Er geht auf den Parkplatz zurück
und setzt sich in ein Taxi.
Auf den Fahrersitz.
Offensichtlich ist er der Taxifahrer.
Er nennt sich Dash.
Dash – das ist Englisch
und bedeutet so viel wie „auf der Jagd sein".
Und Dash ist auf der Jagd.
Auf der Jagd nach schnellem Geld
und nach Abenteuern.

Taxifahren ist ein anstrengender Job.
Wenn man auf Kunden wartet,
kann es schnell langweilig werden.
Also hat Dash nach Abwechslung gesucht.
Er hat sich im Internet eine eigene Seite aufgebaut
und zeigt dort Videos.

Vor drei Jahren hat Dash zufällig
eine Schlägerei mit dem Handy gefilmt.
Das Video lief dann auf seiner Internet-Seite.
Viele Leute fanden das Video toll,
obwohl die Schlägerei sehr blutig und brutal war.
Dash hat sofort gemerkt,
dass er damit Geld verdienen kann.

Jeder kann sich jetzt für 9,99 Euro im Monat
seine Videos ansehen.
Manchmal schicken andere Leute
ihre eigenen Videos an Dash.
Die Videos stellt Dash dann auf seine Seite.
Mit dieser Video-Geschichte kam in den letzten
Jahren eine Menge Geld zusammen.

Dash konnte deshalb sein Taxi
mit vielen kleinen Kameras ausstatten.
Wenn er jetzt unterwegs ist,
kann er immer und überall filmen.
Seine Internet-Kunden mögen am liebsten
brutale Videos mit viel Gewalt.
Und alles muss echt sein.
Eine echte Schlägerei, ein echter Überfall.
Das bringt neue Kunden, aus allen Teilen der Welt.

Dann kam Dash eine neue Idee.
Er befestigte Mini-Kameras an seiner Kleidung.

Er besorgte sich Verkleidungen.
So kann er zum Beispiel als falscher Polizist
ganz nah an Menschen herankommen.
Dadurch ist es ziemlich leicht,
die Angst in den Gesichtern zu filmen.

Genau so hat er es vorhin
mit diesem AchtNächter gemacht.
Als falscher Polizist ist er hinter ihm hergerannt.
Und als Ben im Auto vor Schreck geschrien hat,
hat Dash seinen Schrei gefilmt.

Jetzt sitzt Dash in seinem Taxi und freut sich darauf,
seine Film-Sammlung von heute anzusehen.
Und dann die besten Videos für seine Internet-Seite
auszusuchen und hochzuladen!
Für Dash ist das ein total tolles Gefühl.
Als ob er mit einer schönen Frau Sex hätte.

Eigentlich filmt Dash nicht so gerne selbst.
Er bastelt gerne mit den Kameras herum
und denkt sich neue Sachen aus.
Den Kontakt mit Menschen mag er nicht besonders.
Leider gibt es zurzeit niemanden,
der ihm beim Filmen hilft.
Aber diese AchtNacht-Geschichte ist einfach klasse.
Da muss er dranbleiben und so viele Videos
wie möglich machen.

Dash ist zu Jules Wohnung gefahren.
Dort steht er mit dem Taxi auf einem Parkplatz.
Vorhin ist es ihm ja gelungen,
einen Peilsender an Bens Autoscheibe zu kleben.
Deshalb weiß er auch, wo Ben hingefahren ist.
Das Dumme ist nur, dass jetzt zwei Polizisten
um den silbergrauen BMW herumgehen.
„Dieser Blödmann hat das Auto geklaut",
denkt Dash genervt.
Die echte Polizei kann er hier gar nicht gebrauchen.

Er fährt mit seinem Taxi ein Stück weiter weg.
Niemand wundert sich über ein Taxi,
das irgendwo wartet.
Das Taxi ist wirklich die beste Tarnung für Dash.
Natürlich steigen auch manchmal
richtige Fahrgäste ein.
Das macht aber nichts.
So verdient Dash ein bisschen Geld nebenbei.

Während Dash noch nachdenkt,
steigt tatsächlich ein Mann hinten ein.
Das ist allerdings jemand, den Dash nicht
in seinem Wagen haben möchte.
„Hey, raus hier, aber sofort!", schreit er.

Aber der Mann lässt sich nicht stören.
Es ist Nikolai, ein guter Bekannter von Dash.

Nikolai grinst Dash an und schüttelt den Kopf.
„Warum so böse, mein Freund?
Ich wollte dir ein Geschäft vorschlagen."

„Seit wann machen wir wieder Geschäfte?",
fragt Dash immer noch wütend.

Ja, es hat einmal eine andere Zeit gegeben.
Da waren die beiden gute Geschäfts-Partner.
Dash war für die Technik zuständig
und Nikolai für die wildesten Filme.
Leider nimmt Nikolai öfters Drogen.
Danach flippt er oft völlig aus.

Vor zwei Jahren hat die Polizei Nikolai
bei einer üblen Schlägerei erwischt.
Dash versteht immer noch nicht,
warum Nikolai keine Strafe bekommen hat.
Na ja, Nikolai hat eben reiche Eltern.
Und mit Geld kann man alles kaufen,
auch einen guten Rechtsanwalt.

Danach wollte Dash nicht mehr
mit Nikolai arbeiten.
Der Typ war ihm einfach zu krass.
Lieber drehte Dash seine Videos wieder selbst.
Aber nun sitzt Nikolai in seinem Taxi
und will ein Geschäft vorschlagen.

„Wir wissen jetzt, wo sich die beiden AchtNächter
aufhalten", sagt Nikolai grinsend.
„Wir warten mal, bis die Polizei weg ist.
Ich erzähl dir in der Zwischenzeit schon mal
von meinem Plan."

Dash fühlt sich nicht besonders wohl
mit Nikolai im Auto.
Nikolais Idee ist allerdings gar nicht so schlecht:
Dash und Nikolai werden die AchtNacht-Jagd
gemeinsam mit der Kamera verfolgen.
Das gibt dann wieder eine Menge neuer Kunden
für seine Internet-Seite.
Und natürlich auch eine Menge Geld.

Dash glaubt nicht, dass es für den Tod
von einem AchtNächter wirklich Geld gibt.
Nikolai glaubt das auch nicht.
Aber mit den Filmen über diese Jagd
können sie selbst viel Geld verdienen.

Arezu und Ben

„Hier wohnst du?"
Arezu schaut sich verwundert um.
Sie und Ben stehen in Jules Wohnung.
„Nein, das ist nicht meine Wohnung.
Aber du hast doch gesagt,
dass ich ins Internet gehen soll.
Dazu brauche ich ja wohl einen Computer."

Ben schaltet die Stehlampe ein.
Er will die Frau mit der Waffe im Auge behalten.
Arezu wird unruhig.
„Keine Angst, von draußen kann uns keiner sehen.
Die Rollos sind unten", sagt Ben beruhigend.

Arezu hält immer noch die Pistole in der Hand.
Aber sie wirkt wie ein kleines, ängstliches Mädchen.
Sie sieht richtig krank aus.
Ihre Klamotten hängen lose an ihr herunter.
Ben hat das Gefühl,
er könnte sie mit einer Hand umschubsen.
Aber er ist trotzdem vorsichtig, wegen der Pistole.

Er geht in den Küchenbereich
und öffnet eine Schublade.
Als er vorhin mit Jenny in der Wohnung war,
hat er Jules Laptop da hineingelegt.

Ben nimmt den Laptop heraus und schaltet ihn ein.
„Ach du Scheiße!"
Arezu kommt neugierig näher.

Dann passieren viele Dinge gleichzeitig:
Ben hebt plötzlich die Hand.
Arezu bekommt Panik und schießt.
Der Knall ist so laut,
dass beide sich erschrecken und laut schreien.
Arezu lässt die Waffe fallen.
Ben schlägt mit der Faust zu.

Als Arezu ohnmächtig auf dem Boden liegt,
schämt Ben sich.
Warum hat er denn gleich so fest zugeschlagen?
Er ist doch viel kräftiger als diese junge Frau.
Es hätte wahrscheinlich gereicht,
sie einfach wegzuschubsen.

Ben hebt Arezu auf und legt sie aufs Sofa.
Er sieht sich die Waffe genauer an.
Es ist keine echte Waffe,
nur eine Schreckschuss-Pistole.

Ben möchte endlich mehr über diese Frau wissen.
Wer ist sie? Woher kommt sie?
Ben schaltet sein Handy ein.
Erstaunt sieht er, wie viele Nachrichten er hat.

Ben geht zunächst auf die AchtNacht-Seite.
Da steht tatsächlich eine ganze Menge über Arezu.
Reiche Eltern, oft die Schule gewechselt,
keine Freunde.

„Sie ritzt sich", behauptet eine Person,
die sich im Internet *JackyOh* nennt.
Ben schaltet das Handy wieder aus
und sieht sich vorsichtig Arezus Arm an.
Eine Menge feiner Narben und auch
neue Schnitte sind da zu sehen.

In dem Moment kommt Arezu wieder zu sich.
Sie schaut Ben mit traurigen Augen an.
„Bitte, Oz, mach dem ganzen Wahnsinn
endlich ein Ende! Ich bitte dich!"

Ben bleibt neben dem Sofa stehen
und sieht Arezu misstrauisch an.
„Ich bin nicht dieser Oz!
Wer soll das sein?", fragt er.

Arezu setzt sich langsam auf.
„Schade! Ich habe so sehr gehofft,
dass du uns helfen kannst."
Sie holt tief Luft.
Dann erzählt sie eine unglaubliche Geschichte.

Oz und die AchtNacht

„Ich studiere Psychologie", fängt Arezu an.
„Genauer gesagt, Kriminal-Psychologie.
Ich schreibe gerade eine Arbeit darüber,
wie das Internet kriminelle Ideen verbreitet."
Ben setzt sich jetzt doch in einen Sessel.
Das klingt nach einer längeren Geschichte.

Arezu redet weiter:
„Ich wollte herausfinden, wie Menschen sich
durch das Internet beeinflussen lassen.
Die Idee war, eine Jagd auf Menschen anzubieten.
Bei der man auch noch Geld verdienen kann.
Ich wollte sehen, wie so ein Vorschlag
im Internet angenommen wird."

Ben schüttelt entsetzt den Kopf.
„Ich bin also ein Versuchs-Kaninchen
für deine verrückte Idee?"

„Nein, du nicht", antwortet Arezu.
„Die Leute, die im Internet
auf so eine Geschichte hereinfallen.
Das sind die Versuchs-Kaninchen.
Mich hat interessiert, wie viele Leute
bei so etwas mitmachen würden.
Wer ist bereit, dafür auch noch Geld zu bezahlen?"

Ben kann nicht glauben, was er da hört.
„Und wer ist jetzt dieser Oz?", fragt er Arezu.

„Das ist ein Computer-Freak.
Niemand kennt ihn.
Niemand weiß, wer er wirklich ist.
Aber er ist im Internet sehr bekannt.
Er gilt als eine Art Zauberer, der alles kann.
Ich habe mit ihm immer nur telefoniert.
Ich habe ihn nie gesehen."

Arezu zuckt mit den Schultern.
„Oz hat diese AchtNacht-Seite programmiert.
Und sich um alles andere gekümmert,
was dazugehört.
Das geheime Bankkonto im Ausland zum Beispiel.
Jeder Teilnehmer muss zehn Euro überweisen,
wenn er bei der Jagd mitmachen will.
Die Seite gibt es jetzt seit einem Jahr.
Du kannst dir überhaupt nicht vorstellen,
wie viel Geld sich inzwischen angesammelt hat."

Arezu schweigt ein paar Augenblicke
und scheint nachzudenken.
„Wir hatten eigentlich ausgemacht,
dass Oz diese Seite wieder löscht.
Dass alle ihr eingezahltes Geld zurückbekommen.
Und eine Erklärung auf der Seite erscheint.

Aber plötzlich meinte Oz,
das würde keinen Sinn machen.
Jetzt hätten wir so etwas Verrücktes angefangen.
Wir könnten nicht kurz vor Schluss
einfach damit aufhören.
Das war seine feste Meinung."

Kurz vor Schluss? Vor dem Tod eines Menschen,
denkt Ben fassungslos.
Laut sagt er:
„Aber jetzt sind unsere Namen ausgewählt worden.
Wie kommt das?"

Arezus Stimme klingt immer verzweifelter.
„Ich habe zu Oz gesagt,
dass er seinen und meinen Namen auswählen soll.
Wenn er mit dieser verrückten Geschichte
nicht aufhören will.
Und mein Name ist ja auch gewählt worden."

„Was habe ich mit der ganzen Sache zu tun?",
will Ben noch einmal wissen.
„Das ist doch kein Zufall,
dass ich ausgewählt wurde, oder?"

„Das dachte ich auch", murmelt Arezu so leise,
dass Ben sie fast nicht versteht.
„Deswegen habe ich auch versucht, dich zu finden.

Ich dachte, dass ich Oz von meinem Vorschlag
überzeugt habe.
Und dass er seinen eigenen Namen ausgewählt hat.
Ich dachte die ganze Zeit, dass du selbst Oz bist.
Deshalb habe ich dich zum Krankenhaus gelockt.
Deshalb habe ich deiner Tochter
den Autoschlüssel in die Hand gelegt.
Und mich dann im Auto versteckt.
So wollte ich dich finden und mit dir reden."

Arezu fängt leise zu weinen an.
Ben sitzt in seinem Sessel und hält sich den Kopf.
Was für ein furchtbares Durcheinander!

„Glaubst du, dass Oz das ganze Geld
für sich behalten will?", fragt Ben.

„Nein, Oz hat kein Interesse an dem Geld.
Ich glaube, dass er gerne Macht über Menschen hat.
Er ist überzeugt, dass die meisten Menschen
gern viel Geld haben wollen.
Mit dieser Jagd und der Belohnung bietet er
diesen Menschen eine besondere Möglichkeit an.
Du siehst ja, wie viele Menschen sich
auf der Seite angemeldet haben.
Obwohl sie genau wissen:
Für das Geld müssen sie
einen anderen Menschen töten."

Arezus Stimme klingt erschöpft.
Sie sitzt wie ein Häufchen Elend auf dem Sofa.

Ben kann die Geschichte mit dem Geld
immer noch nicht glauben.
„Du meinst, dass irgendjemand dieses Geld
wirklich bekommt?
Wenn er beweisen kann,
dass er einen von uns beiden getötet hat?"

„Ja", sagt Arezu leise.
„Derjenige bekommt eine E-Mail
mit den Passwörtern für das Konto."

Ben hört nicht mehr, was Arezu noch sagt.
Denn in diesem Moment klopft es laut und heftig
an der Wohnungstür.

Martin Schwartz

Bens erster Gedanke ist:
Die AchtNacht-Jäger haben uns gefunden!
Er sagt leise zu Arezu:
„Keine Angst, hier kommt keiner rein."

Die Schläge donnern weiter an die Wohnungstür.
„Aufmachen, Polizei!"
Arezu schüttelt panisch den Kopf.
„Nein, mach nicht auf.
Bestimmt ist das nur ein Trick."

Ben schaltet sein Handy wieder ein.
Er wählt die Nummer von seinem Vater.
„Wen rufst du an?", will Arezu wissen.
Bevor Ben antworten kann,
hört er die Stimme seines Vaters.
„Na endlich!
Ich versuche schon die ganze Zeit,
dich zu erreichen.
Ich habe dir einen guten Kollegen
von der Polizei geschickt.
Sein Name ist Martin Schwartz."

Ben geht zur Tür.
„Hallo da draußen?
Wie heißen Sie?"

Eine kräftige Männerstimme antwortet:
„Martin Schwartz.
Ihr Vater schickt mich.
Wenn Sie mich nicht brauchen, gehe ich wieder."

„Lass ihn rein", sagt Bens Vater am Telefon.
Ben sieht kurz zu Arezu hinüber.
Sie zuckt unsicher mit den Schultern.
Also muss Ben die Entscheidung treffen.
Er hofft, dass er jetzt keinen Fehler macht.
Dann öffnet er die Tür.

Martin Schwartz wirkt
selbstbewusst und entschlossen.
Als Erstes überprüft er alle Fenster
und schaut in jedes einzelne Zimmer.
Die ruhige Art des Polizisten bringt auch Ben dazu,
sich etwas zu entspannen.
Nach seinem Rundgang durch die Wohnung
bittet Schwartz Ben und Arezu um ihre Handys.

Arezu reagiert wütend.
„Warum denn?
Was wollen Sie mit meinem Handy?"

Schwartz erklärt ihr geduldig seinen Plan.
„Es gibt nur eine Möglichkeit für Sie beide,
diese Nacht zu überleben.

Sie müssen hier in der Wohnung bleiben.
Aber keiner darf wissen, dass Sie hier sind.
Sie wissen doch, dass Ihre Handys
ständig Signale aussenden.
Das kann jeder im Internet verfolgen,
der sich damit auskennt.
Wenn Ihre Handys hier drin eingeschaltet sind,
können Ihre Verfolger Sie über die Signale finden.
Das ist für jeden eine Kleinigkeit,
der sich für Internet-Technik interessiert.
Also bleiben Ihre Handys ausgeschaltet.
Wenn Sie einen Anruf machen müssen,
dann über mein Handy.
So werden wir drei hier hoffentlich
eine ruhige Nacht verbringen können."

Arezu zögert noch kurz,
dann gibt sie Schwartz ihr Handy.
Ben reicht ihm nur sein eigenes Handy.
Von dem zweiten Handy in seiner Hosentasche
sagt er nichts.
Warum, weiß er selbst nicht so genau.

Schwartz nimmt auch
die Schreckschuss-Pistole an sich.

„Hören Sie", erklärt er Arezu.
„Sie brauchen keine Waffe.

Draußen vor dem Haus stehen noch
zwei weitere Kollegen von mir.
Wir sind alle zu Ihrem Schutz hier."

Dann klappt Schwartz seinen Laptop auf.
„Schauen Sie sich das mal an", sagt er zu Ben.
„Im Internet wird eine ganze Menge
komisches Zeug über Sie verbreitet."
Er klickt ein Video an,
auf dem eine ältere Frau in die Kamera spricht.
Die Frau kommt Ben irgendwie bekannt vor.
Als Ben hört, was die Frau erzählt,
wird er wütend.
„Das ist alles gelogen!
Nichts davon ist wahr!"
Ben schreit fast in seiner Verzweiflung.

Die Frau hat früher für das Jugendamt gearbeitet.
In dem Video behauptet sie,
dass Ben seine eigene Tochter sexuell belästigt hat.
Ihre Stimme klingt empört.
„Dieser Rühmann hat behauptet,
es war sein Manager.
Der Manager soll Rühmanns Tochter Jule
im Auto angefasst haben.
Rühmann sagt, er hat
nach dem Manager geschlagen.
Und dabei die Kontrolle über das Auto verloren.

So ist dann der Unfall passiert,
bei dem Jules Beine verletzt wurden.
So sehr verletzt, dass sie nun im Rollstuhl sitzt.
Ich glaube, der Rühmann wollte bloß
jemand anderem die Schuld für den Unfall geben.
Und die Schuld dafür, dass seine Tochter
jetzt im Rollstuhl sitzt."

Ben kann sich gar nicht beruhigen.
„Das war aber genau so!
Dieses Schwein hat Jule angefasst, nicht ich!"

Schwartz klappt den Laptop wieder zu
und schaut Ben an.
„Zuerst habe ich dieser Frau auch geglaubt.
Aber Ihr Vater hat mir versichert,
dass Sie so etwas nie tun würden.
Ich wäre sonst auch nicht hier,
um Sie zu beschützen."

Ben fühlt sich total hilflos.
„Jetzt haben die Verrückten da draußen
noch einen Grund mehr, mich zu töten.
Sie denken, dass ich ein Kinder-Schänder bin.
Und dass Jule meinetwegen im Rollstuhl sitzt."

Arezu hat kaum auf das Video reagiert.
Sie ist mit ihren eigenen Gedanken beschäftigt.

Dem Gespräch der beiden Männer
hört sie gar nicht richtig zu.

Plötzlich klingelt das Festnetz-Telefon.
Ein schriller Ton, der Ben in den Ohren wehtut.
Schwartz wartet einen Moment, bevor er abnimmt.
„Hallo?"
Er hört eine Weile zu und gibt dann Ben den Hörer.
„Ihre Frau Jenny will Sie sprechen."

Ben ist erleichtert.
Endlich eine gute Nachricht!
„Hallo, Jenny. Schön, dich zu hören."

Die Stimme am Telefon gehört aber nicht Jenny.
Ein Mann flüstert in Bens Ohr:
„Bleiben Sie ganz ruhig, Benjamin.
Machen Sie jetzt keinen Fehler.
Tun Sie einfach so, als ob Sie sich
mit Ihrer Frau unterhalten.
Sagen Sie jetzt *Okay Jenny*."

Ben ist vor Schock erstarrt.
Er kann kaum seine Lippen bewegen,
um die verlangten Worte zu sagen.

„So, sehr gut. Sie gehen jetzt ins Badezimmer.
Dann rufen Sie mich von Ihrem Handy aus an.

Ich warne Sie:
Sagen Sie weder dem Polizisten
noch dieser Frau Bescheid.
Ich verspreche Ihnen,
Ihrer Familie passiert sonst etwas Furchtbares."

Der Mann gibt ihm eine Handy-Nummer.
Ben kritzelt die Nummer schnell auf einen Zettel.
Den Zettel stopft er in seine Hosentasche.
Dann legt er auf.

Ben schaut sich im Zimmer um.
Schwartz und Arezu sind
mit anderen Dingen beschäftigt.
Keiner der beiden sieht zu ihm hin.
Keiner merkt, dass er Hilfe braucht.

Die Erpressung

Ben geht mit wackeligen Knien ins Badezimmer.
Er wählt die Nummer, die der Mann ihm gesagt hat.
Die leise Stimme meldet sich wieder.

„Was ist mit meiner Familie?
Was wollen Sie von mir?"
Ben flüstert jetzt auch,
damit Schwartz draußen nichts hört.

Die Männerstimme sagt:
„Ich will, dass Sie und Arezu
diese Wohnung verlassen.
Ohne den Polizisten."

„Das geht nicht", erwidert Ben.
„Na dann, schauen Sie doch mal",
sagt der Mann mit spöttischer Stimme und legt auf.

Ben nimmt das Handy vom Ohr.
Eine SMS mit einem Link zu einer Internet-Seite
erscheint auf dem Bildschirm.
Er klickt den Link an.
Ein Bild erscheint.
Ben möchte am liebsten laut schreien.
Das ist seine Tochter!
In ihrem Krankenhaus-Bett.

Das Bild kommt von einer Überwachungs-Kamera,
die in der Nähe vom Fernseher hängt.
Auf dieser Krankenstation haben alle Zimmer
so eine Überwachungs-Kamera.
Damit den Patienten in einem Notfall
schnell geholfen werden kann.
Jetzt hat sich irgendjemand heimlich
in das Programm der Kamera eingewählt.

Das Handy summt in Bens Hand.
Das Bild verschwindet.
Der Mann mit der leisen Stimme ist wieder dran.
„So, Herr Rühmann, jetzt hören Sie gut zu.
Wir haben Ihrer Tochter ein Gift spritzen lassen.
Das Gift wirkt sehr langsam.
Ich werde Ihnen ein Gegen-Mittel nennen,
wenn Sie meine Anweisungen befolgt haben.
Wenn Sie aber jetzt die Ärzte informieren
oder den Polizisten, wird Ihre Tochter sterben.
Dann erfahren Sie von mir gar nichts.
Haben wir uns verstanden?"

Ben spürt, wie ihm schlecht wird.
Von draußen hört er Martin Schwartz rufen:
„Alles in Ordnung da drinnen?"

„Ja, ich habe nur Magen-Probleme",
antwortet Ben mit heiserer Stimme.

In seinem Kopf dreht sich alles.
Ein furchtbarer Gedanke taucht in Ben auf.
„Sind Sie dieser Oz?"
Der Mann am Handy antwortet:
„Nein, bin ich nicht.
Und ich habe mir die AchtNacht leider
nicht selbst ausgedacht.
Ich möchte einfach nur etwas Spannendes
aus dieser Jagd machen.
Tun Sie einfach das, was ich Ihnen sage.
Dann erfahren Sie morgen früh um 8 Uhr,
wie Sie Ihre Tochter retten können.
Natürlich nur, falls Sie die Nacht überleben."

Der Mann lacht jetzt.
„Sie haben fünf Minuten Zeit.
Bis dahin müssen Sie aus der Wohnung raus sein.
Draußen bekommen Sie neue Infos.
Ich würde mich an Ihrer Stelle beeilen,
Herr Rühmann."
Dann legt der Anrufer auf.

Ben muss jetzt handeln.
Er hat nicht viel Zeit, um zu überlegen.
Schwartz wird schon unruhig und klopft an der Tür.
Ben atmet noch einmal tief ein und aus.
Dann öffnet er die Tür vom Badezimmer
und geht an Schwartz vorbei ins Wohnzimmer.

„So, Folgendes:
Arezu und ich werden jetzt die Wohnung verlassen.
Wir sind erwachsene Menschen
und Sie können uns nicht einsperren."
Ben versucht, seiner Stimme
einen festen Klang zu geben.

Schwartz nickt mit dem Kopf und beweist,
dass er wirklich ein Profi ist.
Er stellt keine dummen Fragen und sagt nur:
„Da haben Sie vollkommen recht.
Sie wissen aber auch,
dass ich Sie da draußen nicht beschützen kann.
Aber es ist Ihre freie Entscheidung."

Martin Schwartz blickt zu Arezu.
„Ich weiß nicht, was diesem Idioten
durch den Kopf geht.
Wollen Sie tatsächlich mit ihm mitgehen?"

Arezu blickt von Schwartz zu Ben.
Dann nickt sie langsam mit dem Kopf.
Schwartz zuckt ärgerlich die Schultern.
„Na dann, viel Glück!"
Er gibt Ben und Arezu ihre Handys zurück und geht.

Als der Polizist gegangen ist, fragt Arezu:
„Mit wem hast du da drinnen gesprochen?

Setzt dich jemand unter Druck?"
Sie hält ein Glas Wasser in der Hand,
aus dem sie jetzt trinkt.

Irgendetwas stört Ben an diesem Anblick.
Aber er weiß nicht, was es ist.
Er spürt nur, dass da etwas nicht stimmt.
Ihre Frage bringt ihn allerdings auf eine Idee.
Damit kann er Arezu endgültig überzeugen,
mit ihm die Wohnung zu verlassen.

„Ich habe mit Oz gesprochen.
Er will uns treffen."

Dash und Nikolai

Dash und Nikolai sitzen gemeinsam im Auto.
Keiner der beiden Typen
kann den anderen ausstehen.
Jeder denkt vom anderen:
So ein eingebildetes Arschloch!

Aber heute Nacht wollen sie
gemeinsam Spaß haben.
Diese AchtNacht-Geschichte ist das Verrückteste,
was die beiden seit Langem erlebt haben.
Sie haben beide sofort gemerkt,
dass sie dabei viel Geld verdienen können.

Nikolai hat jemanden im Krankenhaus bezahlt,
um Bens Tochter Jule eine Gift-Spritze zu geben.
Und um die Kamera im Krankenzimmer
mit dem Internet zu verbinden.
Seine Idee war es auch,
Ben und Arezu aus der Wohnung zu locken.
Er hat sich Aufgaben ausgedacht,
die Ben und Arezu jetzt erledigen sollen.
Damit die Jagd auf die beiden wieder spannend wird.
Sonst sitzen die ja die ganze AchtNacht
sicher und beschützt in der Wohnung herum.
Dann gibt es gar keine richtige Jagd.
Und keine Videos für die Internet-Seite von Dash.

Die Bilder von dieser AchtNacht-Jagd
werden die Kunden von Dash begeistern.
Dash selbst sitzt lieber an einem sicheren Ort
und lässt andere die Drecksarbeit machen.
Besonders, wenn es gefährlich werden kann.

Dash wollte sein Taxi eigentlich nicht
für Nikolais Pläne hergeben.
Aber Nikolai hat ihn überzeugt.
„Die beiden müssen doch irgendwie
an den Ort kommen, an den wir sie schicken.
Die können ja schlecht zu Fuß hinlaufen."

Dash und Nikolai sitzen deshalb
in Nikolais Auto auf einem Parkplatz.
Sie sehen sich das Video an,
das Ben von sich aufnehmen sollte.
Ben musste in dem Video zugeben,
dass er doch ein Kinder-Schänder ist.
Obwohl das ja gelogen ist.
Ben musste auch erzählen,
dass er jetzt zu einer besonderen Sex-Party geht.

Dash hat das Video dann ins Internet gestellt.
Jetzt würde die Jagd so richtig losgehen!

Die Keller-Party

Arezu und Ben haben die Wohnung verlassen.
An der nächsten Straßenecke
steht ein Auto für sie bereit.
Das hat der Mann am Handy ihnen gesagt.
Er hat ihnen auch erklärt,
wo sie den Schlüssel für das Auto finden.
Mit dem Auto sollen sie zu einer Adresse
am Stadtrand von Berlin fahren.

An der Straßenecke steht ein leeres Taxi.
„Das soll wohl der Wagen für uns sein",
sagt Ben zu Arezu.
Er geht einmal um das Taxi herum
und guckt in alle Fenster und in den Kofferraum.
Nichts Auffälliges.
Sie steigen ein und fahren los.

Als Ben bei der angegebenen Adresse ankommt,
will Arezu nicht mit aussteigen.
„Ich bleib lieber hier im Auto", sagt sie.

„Dann verriegle die Türen und pass auf dich auf."
Ben hat gesehen, dass in der Nähe
eine Gruppe junger Leute herumsteht.
Sind das schon die ersten AchtNacht-Jäger,
die auf sie gewartet haben?

Ben steigt aus und geht auf eine Kellertreppe zu.
„Da ist er!", schreit plötzlich einer aus der Gruppe.
Alle laufen los.
Ben schafft es gerade noch rechtzeitig,
hinter der Kellertür zu verschwinden.

Eine ältere Frau in einem schicken Kostüm
erwartet ihn dort.
Sie stellt sich als Lady Nana vor.
Lady Nana führt Ben zu einem Keller-Raum.
Dort sitzen bereits einige Männer an einem Tisch.
Sie sind alle gut gekleidet und sehen gepflegt aus.
Die Männer werfen ihm neugierige Blicke zu.
Ben fühlt sich sehr unwohl
in seinem verschwitzten Hemd.
Er hat immer noch keine Ahnung,
was ihn hier erwartet.

Als Lady Nana dann ein Mädchen
in den Raum bringt, wird Ben übel.
Das Mädchen ist sehr jung.
Es ist nackt.
Der Körper ist voller blauer Flecken.
Um den Hals trägt das Mädchen
ein Hunde-Halsband.
Was danach passiert,
wird für Ben zu einem Alptraum.

Arezu wehrt sich

Arezu hat sich hinter die Rückbank
von dem Taxi verkrochen.
Sie hört die lauten Rufe von der Menschenmenge,
die hinter Ben hergelaufen ist.
Vorhin hat sie kurz durch ein Autofenster geguckt.
Dabei ist sie mit dem Arm abgerutscht
und hat aus Versehen auf die Hupe gedrückt.
Arezu befürchtet, dass die Leute da draußen
jetzt auf sie aufmerksam geworden sind.
Gleich wird jemand durch das Fenster schauen
und sie sehen.

Warum bin ich nicht mit Ben mitgegangen?
fragt sich Arezu verzweifelt.
Das wäre immer noch besser,
als hier alleine auf den Mob zu warten.

Arezu kennt dieses Gefühl aus ihrer Jugendzeit.
Sie ist öfters von ihren Schulkameraden gejagt
und verprügelt worden.
Es hatte keinen Grund dafür gegeben.
Sie ist einfach das Opfer gewesen,
das sich die anderen ausgesucht haben.

Arezu hockt verkrampft hinter dem Rücksitz
und hofft, dass niemand sie sieht.

Einen Moment lang hört sie nichts von draußen.
Dann schreit eine Männerstimme:
„Da drin in dem Taxi ist jemand.
Ist das die Psycho-Frau?
Hey, mach die Tür auf!"

Plötzlich beginnt das Taxi zu schwanken.
Es hört sich an, als ob Menschen
auf dem Wagen herumspringen.
Immer heftiger wackelt das ganze Auto.
Eine Fensterscheibe wird eingeschlagen.
Arezu schreit laut auf vor Schreck.

Ihr Handy piepst.
Eine SMS von ihren Erpressern.
Die Nachricht lautet:
Für Polizei ist es zu spät.
Wegrennen kannst du nicht mehr.
Handschuhfach!

Arezu klettert wieder auf den Vordersitz.
Sie öffnet das Handschuhfach in dem Moment,
als die Autotür aufgerissen wird.
Hände zerren an ihr.
Lautes Geschrei dröhnt ihr in den Ohren.
Die Angreifer haben sich schwarze Mülltüten
über die Köpfe gezogen.
Arezu kann keine Gesichter erkennen.

Nur schwarze Fratzen mit Löchern.
Dahinter verbergen sich die Augen.
Auch die kann Arezu nicht erkennen.

Zur Abschreckung schwenkt Arezu die Pistole hin
und her, die sie im Handschuhfach gefunden hat.
Sie schreit ohne Unterbrechung.
Aber der Mob zieht und zerrt weiter an ihr herum.
Da drückt Arezu ab,
mitten in ein Mülltüten-Gesicht hinein.

Flucht aus dem Keller

Während Arezu im Taxi um ihr Leben kämpft,
erlebt Ben im Keller bei Lady Nana die Hölle.

Lady Nana zerrt das nackte Mädchen zu dem Tisch,
an dem die Männer sitzen.
Die Männer rutschen unruhig
auf ihren Stühlen herum
Ben sieht in ihre Gesichter.
Die Männer sehen nervös aus.
Bei einigen sieht Ben aber auch
etwas wie Vorfreude aufblitzen.

„So meine Herren, ich bitte um Ihre Einsätze!",
fordert Lady Nana die Tischrunde auf.
Was soll das? Ben wird immer ratloser.
Er blickt sich im Raum um.
Da entdeckt er eine als Rauchmelder getarnte
Kamera an der Decke.
Aha, jetzt versteht er.
Seine Teilnahme hier soll als Video
ins Internet gestellt werden.
Damit die Jäger noch wütender auf ihn werden.
Damit sie ihn auf jeden Fall töten wollen.

In der Zwischenzeit nennt jeder am Tisch
eine hohe Geldsumme.

Ben hat keine Ahnung,
wofür diese Summe gezahlt werden soll.
Aber als er an der Reihe ist,
nennt auch Ben einen Betrag.
„Fünftausend Euro!"
So viel haben die meisten Männer genannt.

Als alle Männer ihren Betrag genannt haben,
lächelt Lady Nana zufrieden.
Sie klatscht in die Hände.
„Das Spiel kann beginnen!", ruft sie.
Gleichzeitig löst sie das Halsband
vom Hals des Mädchens.

In dem Moment sieht das Mädchen
Ben in die Augen.
Ihr Blick ist verzweifelt.
Wie ein stummer Hilferuf.
Ben überlegt fieberhaft.
Was meint Lady Nana mit dem Wort Spiel?
Das kann ja nur etwas Schreckliches sein.
Schrecklich für das arme Mädchen.
Und schrecklich für jeden,
der ein bisschen Mitgefühl hat.

Lady Nana gibt dem Mädchen einen Schubs.
Mit einem letzten verzweifelten Blick zu Ben
krabbelt das Mädchen unter den Tisch.

„Nun, meine Herren", sagt Lady Nana.
„Sie kennen die Regeln.
Unser Mädchen Lenka hier wird unter dem Tisch
für Ihr Wohlbefinden sorgen.
Lenka wird Sie streicheln und küssen.
Hier über dem Tisch sollten Sie sich
nichts anmerken lassen.
Sonst verlieren Sie Ihren Einsatz."

Ben ist entsetzt.
Das arme Mädchen soll an all diesen Männern
hier rumfummeln?
Und dabei wie ein Hund
unter dem Tisch herumkriechen?

Ben spürt Übelkeit in sich hochsteigen.
Er springt auf und schreit:
„Ihr seid ja alle völlig verrückt!
Wie grausam könnt ihr sein?
Ihr seid ja wie Tiere!"

In dem Moment geht eine Tür auf.
Ein Wächter von Lady Nana taucht plötzlich
mit einer Pistole in der Hand auf.
Er richtet die Pistole auf Ben.

Was jetzt?
Ben reißt den Tisch hoch.

Er will ihn als Schutz vor sich halten.
Der Tisch ist aber längst nicht so schwer,
wie Ben dachte.
Der Tisch wirbelt hoch und kracht auf die Männer.

Unten im Keller herrscht jetzt Chaos.
Die Männer rappeln sich unter dem Tisch hoch.
Lady Nana stößt spitze Schreie aus.
Der Wächter fuchtelt mit der Pistole.
Alles ist ein einziges Durcheinander.

Plötzlich knallt ein Schuss durch den Raum.
Es klingelt in Bens Ohren.
Er erkennt kaum, was um ihn herum passiert.
Wie durch einen dichten Nebel sieht er,
dass Lady Nana in sich zusammensackt.
Doch da trifft ihn wieder der Blick von Lenka.

Ben nutzt die Chance,
die dieses Durcheinander bietet.
Er greift nach Lenkas Hand
und flieht mit dem Mädchen aus dem Keller.

Die Jagd geht weiter

Nikolai und Dash sitzen immer noch
in Nikolais Auto auf dem Parkplatz.
Sie haben durch die Kameras am Taxi gesehen,
was mit Arezu passiert ist.
Dash ist stinksauer.
„Verdammte Scheiße,
was ist mit meinem Taxi passiert?"
Er kann sich gar nicht mehr beruhigen.

Die Kameras vom Taxi zeigen
einen völlig zerstörten Wagen.
Nikolai versteht nicht,
warum Dash sich so aufregt.
„Mann, du kannst dir bald den besten Wagen
mit der neuesten Technik kaufen.
Warte mal ab, bis du dein Bankkonto siehst.
Die Kunden von deiner Internet-Seite
schmeißen dir das Geld bald nur so hinterher."

Nikolai seufzt und macht einen neuen Vorschlag.
„Wir könnten jetzt auch ein paar
Fernsehsender anrufen.
Wir haben doch klasse Aufnahmen von der Frau.
Wie sie dem Typen ins Gesicht schießt!
Besser hätte es gar nicht laufen können."
Er lacht voller Bosheit.

Dash schüttelt den Kopf.
„Nein, noch nicht. Später!
Ich will erst mal einen Überblick haben."

Sein Handy klingelt.
Er hört zu, ohne selbst etwas zu sagen.
Das Gespräch lässt ihn kurz erstarren.
Als Dash das Gespräch beendet,
sagt er mit kalter Stimme zu Nikolai:
„Lady Nana ist erschossen worden.
Dafür wird dieser Rühmann büßen.
Er bekommt eine neue Aufgabe.
Die wird er ganz sicher nicht überleben."

Nikolai gefällt der neue Ton an Dash.
Endlich macht dieses eingebildete Großmaul
mal etwas.
„Und wir sind dann live dabei?", fragt er neugierig,
als Dash den Wagen startet.
„Müssen wir ja wohl.
Meine Kameras sind im Arsch, schon vergessen?",
faucht Dash.
„Ja, ist ja gut", winkt Nikolai ab.
Er ist gespannt, was für eine Aufgabe
Dash sich ausgedacht hat.
Nikolai ist an allem interessiert,
was mit Gewalt und Blut zu tun hat.

Arezu erzählt

Zur selben Zeit rennt Ben mit der nackten Lenka
durch die dunklen Straßen.
Er kennt sich hier in der Gegend nicht gut aus.
Dann sieht er eine Kirche.
Ben hat nur einen Gedanken:
Hoffentlich ist da jemand, der uns helfen kann!

Ben und Lenka haben Glück.
Der Pfarrer öffnet die Tür und lässt sie herein.
Er kümmert sich sofort um das junge Mädchen.
Dabei hört er sich Bens Geschichte an.

„Ihre Freundin ist auch schon da.
Kommen Sie mit nach hinten", sagt der Pfarrer.
Ben ist zu erschöpft,
um sich noch über irgendetwas zu wundern.
Er folgt dem Pfarrer in einen anderen Raum.
Arezu sitzt an einem Tisch und starrt vor sich hin.
„So ist sie schon die ganze Zeit",
flüstert der Pfarrer Ben zu.

Ben setzt sich zu Arezu und schaut sie an.
Auf dem Weg zur Kirche ist er
an dem völlig zerstörten Taxi vorbeigekommen.
Neben der Beifahrertür hat etwas gelegen,
das wie ein toter Mensch aussah.

Ben hat erst befürchtet,
dass es der Körper von Arezu ist.
Aber die Größe von dem Körper passte nicht zu ihr.

„Hey, was ist passiert?",
fragt Ben mit leiser Stimme.
Arezu zuckt zusammen,
als ob sie aus einem Traum erwacht.

Der Pfarrer gibt ihr etwas zu trinken.
Langsam fängt Arezu an,
Ben von dem Mob und der Pistole zu erzählen.
„Habe ich wirklich jemanden erschossen?",
fragt sie entsetzt.

„Es sieht ganz so aus", sagt Ben.
Arezu schlägt die Hände vors Gesicht.
„Oh, bitte nein!
Ich kann mich an gar nichts erinnern.
Nur an diese riesige Angst,
als alle an dem Auto gerüttelt haben.
Aber dann ...
Kann ich bitte noch einen Schluck Wasser haben?"
Der Pfarrer schenkt ihr Wasser ein.
Arezu hebt das Glas hoch und trinkt gierig.

Und jetzt weiß Ben plötzlich,
was ihn vorhin in Jules Wohnung gestört hat.

Arezu hatte sich dort auch
ein Glas Wasser eingeschenkt.
Aber der Wasserhahn in Jules Wohnung
lässt sich nicht einfach so öffnen.
Man muss einen kleinen Trick anwenden.
um überhaupt Wasser zu bekommen.

Ben deutet mit dem Finger auf Arezu.
„Du kennst den Trick mit dem Wasserhahn
in Jules Wohnung.
Das wissen sonst nur Leute,
die gut mit Jule bekannt sind.
Du warst nicht das erste Mal in ihrer Wohnung!"

Ben ist total aufgeregt.
„Und wenn schon?", antwortet Arezu
und sieht Ben trotzig an.

„Woher kennst du meine Tochter?
Was hast du mit ihr zu tun?", fragt Ben wütend.

Arezu schweigt kurz,
dann fängt sie an zu erzählen:
„Mein Handy war kaputt.
Also bin ich zu dieser Handy-Klinik gegangen.
Da, wo Jule manchmal arbeitet.
Wir haben uns unterhalten.
Wir mochten uns von Anfang an.

Ich habe Jule dann erzählt,
dass ich Anrufe bekomme.
Anrufe mit unterdrückter Handy-Nummer.
Anrufe, die mir Angst machen.
Jule wollte die Nummer für mich herausfinden.
Das hat sie auch geschafft.
Aber wenn ich anrufe, geht nie jemand dran."

„Wann war das?", fragt Ben.
„Vor ungefähr zehn Tagen. Kurz bevor …"
Arezu erschrickt und hört auf zu erzählen.

Ben kann es nicht glauben.
Jule hat für Arezu eine geheime
Handy-Nummer herausgefunden.
Und kurz danach ist sie vom Dach gestürzt.
Das kann doch kein Zufall sein!

„Ich denke, die Nummer gehört Oz.
Er ist vielleicht nervös geworden,
weil wir jetzt seine Nummer kannten.
Er wollte doch unbedingt
mit dieser AchtNacht-Sache weitermachen.
Vielleicht hat er Jule vom Dach gestoßen."
Arezus Stimme klingt unsicher und traurig.

Der Pfarrer hat den beiden
kopfschüttelnd zugehört.

„Also, ich habe keine Ahnung,
über was Sie sich da gerade unterhalten.
Und ob ich Ihnen irgendwie helfen kann.
Aber ich habe in der Zwischenzeit
mit einer befreundeten Ärztin telefoniert.
Sie wird gleich herkommen.
Sie kann Lenka untersuchen
und sie in ein Frauenhaus bringen.
Dann ist zumindest das Mädchen sicher."

Ben will dem Pfarrer gerade antworten,
als sein Handy klingelt.

Eine neue Aufgabe

„Hallo, Herr Rühmann.
Haben Sie sich ein bisschen ausgeruht?
Sie werden jetzt eine neue Aufgabe bekommen.
Aber Vorsicht:
Vor der Kirche warten schon
eine Menge Leute auf Sie.
Sie sind jetzt ein richtiger Internet-Star."

Die Stimme am Handy klingt gemein.
Ben erinnert sich auf einmal,
woher er diese Stimme kennt.
Das ist der Typ aus dem U-Bahnhof
mit den schicken Klamotten!
Der mit seiner Truppe den Kontrolleur
zusammengeschlagen hat.
Was ist das bloß für ein widerlicher Kerl?

„Wie geht es meiner Tochter?",
fragt Ben aufgeregt.

„Im Moment gut.
Das bleibt auch so, wenn Sie alles so machen,
wie wir es Ihnen sagen.
Also, hören Sie gut zu.
Sie gehen in einen Imbiss
und bestellen sich was zu essen.

Arezu soll Sie dabei filmen.
Sie haben genau 25 Minuten Zeit."

Ben muss noch eine Frage loswerden.
„Warum bringen Sie mich nicht einfach um,
wenn Sie so an dem Geld interessiert sind?"

Der Anzug-Typ lacht.
„Das mit dem Geld glauben doch nur
die Idioten da draußen.
Wir beide wissen, dass es kein Geld gibt.
Für mich ist das einfach ein Spiel.
Und ich mache die Regeln."
Dann legt er auf.

Ben schließt für einen Moment die Augen.
Wann hört dieser Wahnsinn endlich auf?
Vorhin hat Ben mit Jenny telefoniert.
Er hat sie gebeten, seinen Vater
und Martin Schwartz zu informieren.
Er will, dass die beiden die Situation kennen.

Ben musste Jenny auch
von Jules Vergiftung erzählen.
Jenny hat angefangen zu weinen.
Sie hat ihn beschuldigt,
an diesem ganzen Chaos schuld zu sein.
Ben hat versucht, sie zu beruhigen.

Er hofft, dass Jenny in ihrer Panik
jetzt keinen Fehler macht.

Zusammen mit Arezu verlässt Ben die Kirche
durch einen Hinterausgang.
Arezu gelingt es, ein Mietauto freizuschalten,
das in der Nähe steht.
„Und jetzt?", fragt Arezu.
„Hat der Erpresser gesagt,
zu welchem Imbiss wir fahren sollen?"

Ben schüttelt den Kopf.
„Nein. Aber um diese Zeit sind sowieso nur noch
die Läden am Bahnhof geöffnet."

Während sie zum Hauptbahnhof fahren,
bekommt Ben einen neuen Anruf.
Sein Erpresser will wissen,
zu welchem Imbiss sie fahren werden.

„Sie wollen doch, dass es Ihrer Tochter
weiterhin gut geht, oder?
Wissen Sie, Herr Rühmann, langsam habe ich
auch keine Lust mehr auf diese ganze Sache.
Wenn Sie diese Aufgabe erledigt haben,
werden wir das Ganze beenden, okay?"
Bevor Ben noch etwas fragen kann,
hat der Erpresser aufgelegt.

In dem Imbiss im Bahnhofs-Gebäude ist
außer dem Angestellten niemand zu sehen.
Ben bestellt etwas zu essen,
während Arezu ihn mit der Handy-Kamera filmt.
Aber der Angestellte kommt gar nicht mehr dazu,
das Essen fertig zu machen.

Plötzlich tauchen vor dem Laden
viele Menschen auf.
Und es werden immer mehr.
Sie schreien durcheinander und deuten auf Ben.
„Da ist der AchtNächter! Los, greift ihn euch!"

Das ist das Letzte, was Ben noch hört.
Danach spürt er nur noch die Schläge und Tritte,
die auf ihn einprasseln.
Bis er irgendwann gar nichts mehr spürt.

Eine Nachricht von Oz

Ben kommt im Krankenhaus wieder zu sich.
Jenny steht weinend neben seinem Bett.
Eine Polizeistreife kam gerade rechtzeitig
bei dem Imbiss vorbei.
Die Polizisten konnten die Menge nur vertreiben,
indem sie mehrere Schüsse in die Luft abgaben.
Ben wurde mit einem Rettungswagen
ins Krankenhaus gebracht.
Das Krankenhaus hat Jenny verständigt.

Ben kann kaum sprechen.
„Wo ist Arezu?", fragt er Jenny.
Aber Jenny zuckt die Schultern.
Die Polizisten haben nur
den Mitarbeiter und Ben gefunden.
Von Arezu keine Spur.

„Und was ist mit Jule?", krächzt Ben.
„Habt ihr etwas gefunden, was ihr helfen kann?"

„Jule geht es jetzt richtig schlecht.
Weißt du gar nichts über das Gift,
das ihr gegeben wurde?"
Jenny klingt gehetzt und besorgt.
„Nein, ich habe keine Ahnung",
antwortet Ben mühsam.

„Die Polizei soll das kaputte Taxi überprüfen.
Der Besitzer hat etwas mit der Sache zu tun.
Er und noch ein anderer Typ haben mich
die ganze Zeit erpresst."

Ben spürt, wie die Schmerzen
durch seinen Körper rasen.
Haben die Ärzte ihm denn
keine Schmerzmittel gegeben?

Bens Kleidung liegt auf einem Stuhl am Fenster.
Ein Handy klingelt in Bens Hosentasche.
Es ist Jules Handy,
das Ben die ganze Zeit bei sich hatte.
„Gib mir das bitte.
Vielleicht kommt doch noch
ein Hinweis wegen Jule."

Ben öffnet die Nachricht,
die zusammen mit einem Bild gekommen ist.
Auf dem Bild ist das Dach
von Jules Wohnhaus zu sehen.

Du hast 20 Minuten Zeit, Ben.
Komm hierher, damit wir das alles beenden können.
Und keine Polizei.
Oz

Oz

Ben starrt auf die Nachricht und auf das Bild.
Es gibt diesen Oz also wirklich!
Hat dieses Schwein seine Tochter
vom Dach gestoßen?
Wieso sonst sollte Oz ein Bild
von dem Dach schicken?

Ben vergisst seine rasenden Schmerzen.
Zu Jennys Entsetzen steigt er aus dem Bett.
Mühsam zieht er sich an.
Dann klettert er aus dem Fenster vom Krankenhaus.

Mit Jennys Auto macht Ben sich
auf den Weg zu Jules Wohnung.
Unterwegs ruft Ben Martin Schwartz an
und erzählt ihm, wohin er fährt.
Und dass er ihm bald sagen kann, wer Oz ist.
Die Sache mit Oz will Ben aber alleine erledigen.

Ben weiß nicht, dass auch Dash und Nikolai
eine Nachricht bekommen haben.
Der AchtNächter ist hierher unterwegs!
Und dazu ebenfalls das Bild von dem Dach.

Eigentlich war für Dash und Nikolai
die AchtNacht-Sache zu Ende.

Sie dachten, dass Ben am Hauptbahnhof
von der Menge totgeprügelt worden ist.
Jetzt werden sie doch neugierig.

„Lass uns da hinfahren", sagt Nikolai.
„Dann werden wir ja sehen,
was dieser Oz noch so zu bieten hat."

Dass die Person namens Oz auch eine Nachricht
im Internet verbreitet hat, ahnen die beiden nicht.
An alle, die an dem Geld
von der AchtNacht interessiert sind:
Es befindet sich in einem Fiat 500,
der gerade in der Garystraße 101 steht.
Zwei Männer bewachen das Auto.
Holt euch die Kohle!

Nikolais Auto ist ein Fiat 500.
Und die Garystraße 101 ist Jules Adresse.

Ben ist als Erster bei Jules Wohnung.
Er kann vor Schmerzen kaum laufen.
Aber die Wut auf Oz und die Sorge um Jule
treiben ihn vorwärts.

Der Aufzug bringt Ben aufs Dach.
Er geht mit vorsichtigen Schritten
auf das Flachdach hinaus.

Erst als er eine Stimme hinter sich hört,
dreht er sich um.

Da steht also der Mensch,
der seine Tochter vom Dach gestoßen hat.
„Arezu, was machst du denn hier?",
fragt Ben erstaunt.
„Wie bist du aus dem Imbiss entkommen?"

„Ich bin nicht Arezu", sagt Arezu
mit einer Stimme, die ganz seltsam klingt.
Eher wie die Stimme von einem Mann.
Auch ihr Gesicht scheint sich verändert zu haben.
Arezu sieht hart und böse aus.
Dazu ein blutiger Verband um den Kopf
und ein Messer in der Hand – die Person vor Ben
könnte in einem Horrorfilm mitspielen.
„Bist du etwa Oz?", fragt Ben zweifelnd.

„Natürlich, wer denn sonst?
Diese dumme Arezu und deine Tochter wollten
mein schönes AchtNacht-Spiel kaputtmachen.
Das konnte ich nicht zulassen.
Also habe ich Jule hier hochgelockt.
Sie dachte, Arezu will sich mit ihr treffen.
Und dann ..."
Die Person vor Ben zuckt mit den Schultern.
„ ... dann genügte ein kleiner Stoß."

Ben starrt die Person an,
die ein paar Schritte vor ihm steht.
Ihm kommt ein furchtbarer Verdacht.
Kann es sein, dass Arezu
eine gespaltene Persönlichkeit ist?
Die sich manchmal wie Arezu
und manchmal wie Oz fühlt?
Arezu weiß wahrscheinlich gar nicht,
dass sie gleichzeitig auch Oz ist.
Und dass sie die ganze Zeit sich selbst gesucht hat.
Ben läuft ein Schauer über den Rücken.

Er hat schon davon gehört,
dass es solche Menschen gibt.
Aber nie vorher hat er so jemanden getroffen.
Ben hätte sich nie vorstellen können,
dass in einem Körper zwei Menschen stecken.
Zwei Menschen, die absolut nichts
voneinander wissen.

Von unten ist plötzlich lautes Geschrei
und splitterndes Glas zu hören.
Sogar ein Schuss fällt.
Ben achtet nicht darauf.

Oz wirft einen kurzen Blick nach unten.
Dort sind eine Menge Menschen
um das Auto von Nikolai versammelt.

Sie drängen auf das Auto zu.
„Schnappt sie euch! Das sind die zwei!"
Solche und ähnliche Rufe dringen zu Ben und Oz
nach oben auf das Dach.

Aber Oz scheint der Tumult am Auto
nicht zu interessieren.
Er redet längst weiter:
„Dass diese beiden Idioten sich da eingemischt
haben, hat das Ganze noch spannender gemacht.
Dieser Typ im Anzug glaubt,
er ist besonders schlau."
Oz lacht heiser.

„Hast du sein Skorpion-Tattoo am Hals gesehen?
Das hat mich auf die Idee mit dem Gift gebracht!"
Oz lacht bösartig.

Skorpion? Gift?
Ben greift nach seinem Handy.
Ist das Gift in Jules Körper vielleicht
von einem Skorpion?
Er tippt so schnell er kann eine Nachricht an Jenny.
Jenny kann die Ärzte von Jule informieren.
„Handy weg!", schreit Oz.

Im selben Augenblick
fliegt die Tür zum Dach auf.

Nikolai schwankt nach draußen.
Er ist blutüberströmt.
Es grenzt an ein Wunder, dass er sich
vor der wütenden Menge retten konnte.
Nikolai hält eine Pistole in der Hand.
Er zielt auf Oz.
„So, jetzt ist Schluss mit lustig.
Ich knall euch jetzt beide ab!"

„Warte", schreit Oz.
„Du machst einen Fehler.
Willst du nicht wissen,
wie du an das Geld kommen kannst?
Ich bin der Einzige, der dir das sagen kann.
Du tötest Ben und ich sage dir
die Passwörter für das Konto."

Nikolai lacht laut.
„Ja, genau, das Geld.
Das gibt es doch gar nicht."

„Doch, natürlich.
Das Geld liegt auf einem geheimen Konto.
Ich weiß, wie man da drankommt.
Du musst dich nur auf der AchtNacht-Seite
als Jäger anmelden.
Ich bin dann der Zeuge, den du brauchst.
Ich bestätige, dass du Ben getötet hast."

Ben sieht die Geld-Gier
in Nikolais Augen aufblitzen.
Nikolai hält die Pistole abwechselnd
auf Oz und Ben gerichtet.

Und dann hat Ben nur noch einen Gedanken:
Einmal in seinem Leben will er das Richtige tun.
So oft hat er schon versagt
und seine Familie im Stich gelassen.
Jetzt hat er die Gelegenheit zu beweisen,
dass er kein Feigling ist.

Ben nimmt Anlauf und rennt auf Nikolai zu.
Er rammt seinen Kopf fest in Nikolais Bauch.
So drängt er sie beide an die Dachkante.
Und darüber hinaus.

Ben hört den anderen Mann schreien.
Dann wird alles dunkel um ihn.

Ein Monat später

Jule geht es wieder besser.
Die Ärzte haben ihr ein Gegen-Gift gespritzt,
als sie Bens Nachricht bekommen haben.
Zwei Tage später ist Jule endlich
aus ihrem Koma aufgewacht.
Der Tod von ihrem Vater hat sie sehr mitgenommen.

Ihre Mutter Jenny ist hochschwanger.
Der neue Freund Paul hat sich allerdings
aus ihrem Leben verabschiedet.
Die beiden Frauen haben gerade
von einem Anwalt erfahren, dass Ben ihnen
eine große Summe Geld hinterlassen hat.
Genau gesagt 2 ½ Millionen Euro.
Woher das Geld kommt, ist niemandem klar.
Aber alles scheint korrekt zu sein.
Auf Bens Konto ist eine Überweisung
über diese Summe angekommen.

Arezu hat ihre Verletzungen überstanden.
Sie lebt jetzt in einer Klinik.
Diese Klinik ist auf Menschen
mit gespaltener Persönlichkeit spezialisiert.
Ihr zweites Ich mit dem Namen Oz
kommt manchmal in ihren Träumen vor.
Sonst kann sie sich an nichts erinnern.

Ihr Arzt hofft, dass er Arezu
die Persönlichkeits-Störung
irgendwann erklären kann.
Und auch, was in der Zeit geschehen ist,
als sie nicht nur Arezu, sondern auch Oz war.

Oz hat noch eine Sache getan,
bevor er endgültig verschwand:
Er hat das Geld von dem AchtNacht-Konto
auf Bens Konto geschickt.

Ben hat die AchtNacht nicht überlebt.
Er ist mit Nikolai zusammen vom Dach gestürzt.
Danach wurde er auf einem Friedhof
in Berlin beerdigt.

So stand es zumindest in den Zeitungen.
Und so wurde es auch seiner Familie mitgeteilt.
In Wirklichkeit hat Martin Schwartz
sich gleich nach dem Sturz um Ben gekümmert.
Niemand sollte wissen, dass Ben überlebt hat.
Die Beerdigung war nur eine Täuschung.
Schwartz hat Ben heimlich fortgebracht.
Er hat die richtigen Ärzte besorgt.
Und die falschen Papiere.

Später hat er Ben vorgeschlagen,
ein neues Leben anzufangen.

Ben vermisst seine Familie sehr.
Er lebt in der Hoffnung,
dass er sie doch irgendwann wiedersehen darf.
Dann, wenn sich die ganze Aufregung gelegt hat.
Vielleicht schon bald.

Wörterliste

Seite 10: Band-Leader
Chef einer Musik-Band

Seite 11: Unterhalt
Wenn Eltern von einem Kind sich trennen, muss einer von beiden jeden Monat einen bestimmten Geldbetrag für das Kind zahlen. Bei erwachsenen Kindern müssen beide Eltern Unterhalt bezahlen, wenn das Kind noch in der Ausbildung oder im Studium ist.

Seite 14: Schlampe
Umgangs-Sprache: ein sehr hässliches und beleidigendes Schimpfwort für Frauen

Seite 19: künstliches Koma
Ein Koma ist eine Art tiefer Schlaf. Meistens fällt ein Mensch ins Koma, wenn er einen schweren Unfall mit Kopf-Verletzungen hatte. Manchmal versetzen Ärzte einen Patienten absichtlich in ein Koma, damit sich der Körper von dem Patienten ausruhen kann.

Seite 25: vogelfrei
So bezeichnete man früher Menschen, die vom Gesetz nicht geschützt waren. Jeder durfte diese

Menschen töten, ohne dafür bestraft zu werden.
Heute gibt es das nicht mehr. Kein Mensch darf
einem anderen Menschen etwas antun, ohne dafür
bestraft zu werden.

Seite 28: auf Krawall aus sein
Ärger machen wollen

Seite 31: schrill
sehr laut und durchdringend, unangenehm

Seite 51: Peilsender
ein kleines Gerät, das Signale aussendet. Damit
kann man zum Beispiel verfolgen, wohin ein Auto
fährt.

Seite 56: sich ritzen
Sich selbst verletzen. Menschen mit großen
Problemen fügen sich manchmal Schnitte an den
Armen oder Beinen zu.

Seite 57: Versuchs-Kaninchen
In der Medizin werden Kaninchen benutzt, um zum
Beispiel Medikamente zu testen. Die Tiere können
sich gegen die Forschungen nicht wehren.

Seite 58: Computer-Freak
Jemand, der sich sehr gut mit der Technik und den

Programmen von Computern auskennt. Das Wort „Freak" kommt aus dem Englischen und beschreibt einen Menschen, der sich stark für eine Sache begeistert.

Seite 65: Manager
hier: der Mann, der für Bens Rock-Band Konzerte organisiert hat

Seite 66: Kinder-Schänder
Umgangs-Sprache: ein abfälliges Wort für einen erwachsenen Mann, der Kinder auf sexuelle Weise anfasst oder sich von ihnen anfassen lässt.

Seite 69: Link
eine Art Adresse, um auf eine Internet-Seite zu kommen

Seite 78: Mob
eine Gruppe von Leuten, die auf Gewalt aus sind

Seite 91: Frauenhaus
Ein geschütztes Haus mit einer geheimen Adresse. Dort finden Frauen Schutz, die vor Gewalt fliehen müssen.